TRANZLATY

Language is for everyone

Språk är till för alla

The Call of Cthulhu

Cthulhus kallelse

H.P. Lovecraft

English
Svenska

www.tranzlaty.com

The Horror Made of Clay
Skräcken gjord av lera

There is one thing I find particularly merciful.
Det finns en sak jag finner särskilt barmhärtig.
The inability of the human mind to correlate events.
Det mänskliga sinnets oförmåga att korrelera händelser.
It's a blessing that we can't understand the world.
Det är en välsignelse att vi inte kan förstå världen.
We live blissfully on a placid island of ignorance.
Vi lever lyckligt på en lugn ö av okunnighet.
An island in the midst of black seas of infinity.
En ö mitt i oändlighetens svarta hav.
And it was not meant that we should voyage far.
Och det var inte meningen att vi skulle resa långt.
The sciences each strain in their own directions.
Vetenskaperna sträcker sig var och en i sina egna riktningar.
But hitherto science's findings have harmed us little.
Men hittills har vetenskapens rön skadat oss föga.
But some day dissociated knowledge will be pieced together.
Men en dag kommer dissocierad kunskap att pusslas ihop.
Terrifying vistas of reality will open up to us.
Skrämmande verklighetsvyer kommer att öppna sig för oss.
And we will be left in a frightful vantage point.
Och vi kommer att bli lämnade i en fruktansvärd utsiktspunkt.
We will either go mad from the revelation we are given.
Antingen kommer vi att bli galna av den uppenbarelse vi får.
Or we will flee from the deadly light that we will see.
Eller så flyr vi från det dödliga ljuset som vi kommer att se.
We will run from the knowledge we had always pursued.
Vi kommer att fly från den kunskap vi alltid har strävat efter.
And we will seek the peace and safety of a new dark age.
Och vi kommer att söka freden och tryggheten i en ny mörk tidsålder.
Theosophists have guessed at the scale of the cosmos.

Teosofer har gissat på kosmos skala.
Our world is but a transient incident in this cycle.
Vår värld är bara en övergående händelse i denna cykel.
The human race plays but a little role in the universe.
Mänskligheten spelar bara en liten roll i universum.
The theosophists have hinted at strange methods of survival.
Teosoferna har antytt märkliga metoder för överlevnad.
But their suggestions would freeze a rational man's blood.
Men deras förslag skulle frysa en rationell mans blod.
Only the optimism of their ideas hides the horror.
Endast optimismen i deras idéer döljer fasan.
But it is not their ideas that chill me the most.
Men det är inte deras idéer som gör mig mest osäker.
It is something else that fills me with terror.
Det är något annat som fyller mig med skräck.
The single glimpse of forbidden eons I have seen.
Den enda glimt av förbjudna eoner jag har sett.
When I think of what I saw my blood stands still.
När jag tänker på vad jag såg står mitt blod stilla.
Restlessness plagues my dreams since that glimpse.
Rastlöshet plågar mina drömmar sedan den glimten.
It came to me like all dreaded glimpses of truth.
Det kom till mig som alla fruktade glimtar av sanning.
An accidental piecing together of separated things.
En oavsiktlig ihopsättning av separerade saker.
An old newspaper item and the notes of a dead professor.
En gammal tidningsartikel och anteckningar från en död professor.
In a flash everything was pieced together before me.
I ett ögonblick var allting ihopsatt framför mig.
I hope no one else will accomplish this terrible insight.
Jag hoppas att ingen annan kommer att uppnå denna hemska insikt.
Certainly, if I live, I shall never help anyone to know it.
Visst, om jag lever, kommer jag aldrig att hjälpa någon att få veta det.
I shall never knowingly supply a link in so hideous a chain.

Jag ska aldrig medvetet tillhandahålla en länk i en så hemsk kedja.

I think that the professor, too, intended to keep silent.

Jag tror att professorn också hade för avsikt att tiga.

He didn't mean to share the secrets that he knew.

Han menade inte att dela med sig av de hemligheter han kände till.

And I'm sure he would have destroyed his notes.

Och jag är säker på att han skulle ha förstört sina anteckningar.

If he had not been seized by sudden and suspicious death.

Om han inte hade gripits av en plötslig och misstänkt död.

***

My knowledge of the thing began in the winter of 1926-27.

Min kunskap om saken började vintern 1926-27.

My great-uncle was the professor George Gammell Angell.

Min gammelfarbror var professor George Gammell Angell.

He was the Professor Emeritus of Semitic languages.

Han var professor emeritus i semitiska språk.

He lectured in Brown University, Providence, Rhode Island.

Han föreläste vid Brown University i Providence, Rhode Island.

His death, at the age of ninety-two, triggered the event.

Hans död, vid nittiotvå års ålder, utlöste händelsen.

He was widely known as an authority on ancient inscriptions.

Han var allmänt känd som en auktoritet på antika inskriptioner.

Heads of prominent museums came to him for his expertise.

Chefer för framstående museer vände sig till honom för hans expertis.

So his death was noticed by many within academic circles.

Så hans död uppmärksammades av många inom akademiska kretsar.

Interest was intensified by the obscurity of his death.

Intresset intensifierades av oklarheten kring hans död.
It occurred as he was disembarking from the Newport boat.
Det inträffade när han gick i land från Newport-båten.
Witnesses say a dark nautical-looking fellow had jostled him.
Vittnen säger att en mörk man med nautiskt utseende hade knuffat till honom.
After being stricken, he fell suddenly, witnesses say.
Efter att ha blivit träffad föll han plötsligt, säger vittnen.
Physicians were unable to find any visible disorder.
Läkarna kunde inte hitta några synliga sjukdomar.
After some perplexed debate they reached their conclusion.
Efter en del förbryllad diskussion kom de fram till sin slutsats.
"It must have been a lesion of the heart," they agreed.
"Det måste ha varit en hjärtskada", var de överens om.
"After all, he was rather an elderly man," they added.
"Han var trots allt en ganska äldre man", tillade de.
"the brisk ascent of the steep hill caused his end."
"den raska uppstigningen av den branta backen orsakade hans slut."
At the time I saw no reason to dissent from this dictum.
Vid den tidpunkten såg jag ingen anledning att avvika från detta uttalande.
But latterly I am inclined to wonder about their conclusion.
Men på senare tid är jag benägen att undra över deras slutsats.
And I do more than just wonder if they were right.
Och jag gör mer än att bara undra om de hade rätt.

***

My grand-uncle died alone as a childless widower.
Min morbror dog ensam som barnlös änkling.
And so I became heir and executor to his possessions.
Och så blev jag arvinge och testamentsexekutor till hans ägodelar.
So I was expected to go over his papers and writings.
Så förväntades jag gå igenom hans papper och skrifter.

I moved his entire set of files and boxes to my Boston home.
Jag flyttade hela hans pärm och lådor till mitt hem i Boston.
Much of the materials I collected will later be published.
Mycket av det material jag samlade in kommer senare att
publiceras.
Many academics in his field took great interest in his work.
Många akademiker inom hans område visade stort intresse för
hans arbete.
The American archeological society relied on him greatly.
Det amerikanska arkeologiska sällskapet förlitade sig starkt på
honom.
But there was one box which I found exceedingly puzzling.
Men det fanns en ruta som jag tyckte var oerhört förbryllande.
I felt much averse from showing these files to other eyes.
Jag kände mig mycket ovillig att visa dessa filer för andra
ögon.
The box had been locked, unlike the other boxes.
Lådan hade varit låst, till skillnad från de andra lådorna.
And initially I found no key that would open this box.
Och till en början hittade jag ingen nyckel som kunde öppna
den här lådan.
But then the location of the key occurred to me.
Men så kom jag på var nyckeln var.
The professor always carried a keyring in his pocket.
Professorn bar alltid en nyckelring i fickan.
It was indeed one of these keys that opened the box.
Det var verkligen en av dessa nycklar som öppnade lådan.
But in the box was a still more closely locked barrier.
Men i lådan fanns en ännu mer tätt låst barriär.
What could be the meaning of the queer bas-relief?
Vad kan den queera basreliefen betyda?
Various paper cuttings accompanied the bas-relief.
Olika pappersklipp åtföljde basreliefen.
What did the disjointed jottings and ramblings allude to?
Vad anspelade de osammanhängande anteckningarna och
svamlarna på?
Had my uncle become credulous to superficial impostures?

Hade min farbror blivit godtrogen mot ytliga bedrägerier?
Perhaps in his later years his criticalness thought slowed.
Kanske avtog hans kritiska tänkande under hans senare år.
Someone had disturbed this old man's peace of mind.
Någon hade stört den här gamle mannens sinnesfrid.
And so I resolved to locate the eccentric sculptor.
Och så bestämde jag mig för att leta upp den excentriske
skulptören.
The man who set in motion my uncle's strange obsession.
Mannen som satte igång min farbrors märkliga besatthet.

***

The bas-relief was roughly shaped like a rectangle.
Basreliefen var ungefär formad som en rektangel.
The rectangular shape was less than an inch thick.
Den rektangulära formen var mindre än en tum tjock.
And the bas-relief was about five by six inches in area.
Och basreliefen var ungefär fem gånger sex tum i yta.
It was obvious that the bas-relief was of modern origin.
Det var uppenbart att basreliefen var av modernt ursprung.
The designs, however, were far from modern in atmosphere.
Designen var dock långt ifrån modern i sin atmosfär.
The inscriptions suggested a far older civilization.
Inskriptionerna antydde en mycket äldre civilisation.
The vagaries of cubism and futurism were many and wild.
Kubismens och futurismens nycker var många och vilda.
But normally such patterns fail to produce regularity.
Men normalt sett lyckas sådana mönster inte producera
regelbundenhet.
The cryptic regularity which lurks in prehistoric writing.
Den kryptiska regelbundenhet som lurar i förhistorisk skrift.
This regularity was certainly present in the bas-relief.
Denna regelbundenhet fanns säkerligen i basreliefen.
I was certain the inscriptions represented a writing system.
Jag var säker på att inskriptionerna representerade ett
skriftsystem.

I had some familiarity with the papers of my uncle.
Jag kände till min farbrors papper lite grann.
And I had looked through all of his collections and works.
Och jag hade tittat igenom alla hans samlingar och verk.
But I failed to find any writing that was similar.
Men jag lyckades inte hitta någon liknande text.
I could not geographically place this alphabet in any way.
Jag kunde inte geografiskt placera detta alfabet på något sätt.
Nor could I guess from what time this writing came from.
Inte heller kunde jag gissa från vilken tidpunkt denna text
kom ifrån.
Above these apparent hieroglyphics there was a figure.
Ovanför dessa synliga hieroglyfer fanns en figur.
The figure was evidently only of pictorial intent.
Figuren var uppenbarligen endast av bildlig avsikt.
The impressionism of the picture added to the mystery.
Bildens impressionism ökade mystiken.
No clear idea of the creature's nature could be discerned.
Ingen klar uppfattning om varelsens natur kunde urskiljas.
The creature seemed to be a monster, of some sort.
Varelsen verkade vara ett monster, av något slag.
Or the symbol represented a monster, of some sort.
Eller så representerade symbolen ett monster, av något slag.
Only a diseased mind could conceive of such a form.
Endast ett sjukt sinne skulle kunna föreställa sig en sådan
form.
My imagination yielded different pictures simultaneously.
Min fantasi gav upphov till olika bilder samtidigt.
But my imagination may also be somewhat extravagant.
Men min fantasi kan också vara något extravagant.
An octopus, a dragon, and also a human caricature.
En bläckfisk, en drake och även en mänsklig karikatyr.
I shall try not be unfaithful to the spirit of the thing.
Jag ska försöka att inte vara otrogen mot sakens ande.
A pulpy, tentacled head surmounted a scaly body.
Ett mosigt, tentaklerförsett huvud krönte en fjällig kropp.
Rudimentary wings protruded from the grotesque shape.

Rudimentära vingar stack ut från den groteska formen.
But the shape of the monster wasn't even the worst part.
Men monstrets form var inte ens det värsta.
The background of the picture was even more frightening.
Bakgrunden till bilden var ännu mer skrämmande.
The scenery had a vague suggestion of another civilization.
Landskapet antydde vagt en annan civilisation.
Cyclopean architecture from a forgotten part of the world.
Kyklopeisk arkitektur från en bortglömd del av världen.

***

Only some notes and press cuttings accompanied the oddity.
Endast några anteckningar och pressklipp åtföljde
märkligheten.
The press cuttings seemed to be only vaguely related.
Pressklippen verkade bara vara vagt relaterade.
The hand written notes were all from my uncle.
De handskrivna anteckningarna var alla från min farbror.
But his notes made no pretense to any literary style.
Men hans anteckningar gjorde inga anspråk på någon litterär
stil.
There was no ordering mechanism to any of the papers.
Det fanns ingen beställningsmekanism för någon av
tidningarna.
**Although there seemed to be a master document to the
notes.**
Även om det verkade finnas ett huvuddokument till
anteckningarna.
This document was ascribed to the cult of Cthulhu
Detta dokument tillskrevs Cthulhus kult
The word's letters had been painstakingly written out.
Ordets bokstäver hade noggrant skrivits ut.
**There should be no erroneous reading of the unheard of
word.**
Det bör inte förekomma någon felaktig tolkning av det okända
ordet.

This Cthulhu manuscript was divided into two sections;
Detta Cthulhu-manuskript var uppdelat i två avsnitt;
The first manuscript was titled the following:
Det första manuskriptet hade följande titel:
"1925 - Dream and Dream Work of H. A. Wilcox"
"1925 - Dröm och drömverk av HA Wilcox"
"7 Thomas St., Providence, Road Island"
"7 Thomas St., Providence, Road Island"
And the second manuscript was titled the following:
Och det andra manuskriptet hade följande titel:
"Narrative of Inspector John R. Legrasse"
"Berättelsen om inspektör John R. Legrasse"
"121 Bienville St., New Orleans, 1908 Meetings."
"121 Bienville St., New Orleans, möten 1908."
"Notes on Same, & Prof. Webb's account of events"
"Anteckningar om samma sak och professor Webbs
redogörelse för händelserna"
The other manuscript papers were all brief notes.
De andra manuskripten var alla korta anteckningar.
Some manuscripts described the queer dreams of different
persons.
Vissa manuskript beskrev olika personers underliga drömmar.
Some manuscripts cited from theosophical books and
magazines.
Vissa manuskript citerade från teosofiska böcker och
tidskrifter.
Notably, most of these citations were from W. Scott-Eliott.
Det är värt att notera att de flesta av dessa citat var från W.
Scott-Eliott.
Mainly the notes referenced Atlantis and the Lost Lemuria.
Anteckningarna refererade främst till Atlantis och det
förlorade Lemurien.
The other notes commented on long-surviving secret
societies.
De andra anteckningarna kommenterade länge överlevande
hemliga sällskap.
Hidden cults that may or may not still exist somewhere.

Dolda kulter som kanske eller kanske inte fortfarande
existerar någonstans.
Two books seemed to provide most of the information;
Två böcker verkade ge det mesta av informationen;
Miss Murray's Witch-Cult in Western Europe.
Fröken Murrays häxkult i Västeuropa.
This book thoroughly detailed Mythological sources.
Den här boken beskriver ingående mytologiska källor.
**And Frazer's Golden Bough provided anthropological
sources.**
Och Frazers Golden Bough tillhandahöll antropologiska
källor.

***

The cuttings largely alluded to outré mental illnesses.
Urklippen anspelade till stor del på outredda psykiska
sjukdomar.
Outbreaks of group folly and mania in the spring of 1925.
Utbrott av gruppgalenskap och mani våren 1925.
The first half of the manuscript told a very peculiar tale.
Den första hälften av manuskriptet berättade en mycket
märklig historia.
**1925, the 1st of March, a thin dark young man came to my
uncle.**
1925, den 1 mars, kom en mager, mörk ung man till min
farbror.
The manuscript describes his neurotic and excited aspect.
Manuskriptet beskriver hans neurotiska och upphetsade
aspekt.
And he bore with him the strange bas-relief.
Och han bar med sig den märkliga basreliefen.
At that time the bas-relief was exceedingly damp and fresh.
Vid den tiden var basreliefen ytterst fuktig och frisk.
His card bore the name of Henry Anthony Wilcox.
Hans kort bar namnet Henry Anthony Wilcox.
And my uncle had slightly recognized who he was.

Och min farbror hade så gott som känt igen vem han var.

He was the youngest son of an excellent family.

Han var den yngste sonen i en förnäm familj.

Latterly he had been studying sculpture at Rhode Island.

På senare tid hade han studerat skulptur på Rhode Island.

He lived alone at the Fleur-de-Lys Building.

Han bodde ensam i Fleur-de-Lys-byggnaden.

His residences were near the university.

Hans bostäder låg nära universitetet.

Wilcox was a precocious youth of known genius.

Wilcox var en brådmogen yngling med ett känt geni.

But he was also known for his great eccentricity.

Men han var också känd för sin stora excentricitet.

From childhood he had excited the attention of others.

Ända från barnsben hade han väckt andras uppmärksamhet.

He told of strange stories no one had told him about.

Han berättade om märkliga historier som ingen hade berättat för honom.

And he was in the habit of relating strange dreams.

Och han hade för vana att berätta märkliga drömmar.

He described himself as "psychically hypersensitive".

Han beskrev sig själv som "psykiskt överkänslig".

But those around him had other descriptions for him.

Men omgivningen hade andra beskrivningar av honom.

They were staid folk of the ancient commercial city.

De var hyggliga människor i den antika handelsstaden.

And they dismissed him as merely strange and "queer".

Och de avfärdade honom som bara konstig och "konstig".

And so he never mingled much with his kind.

Och därför umgicks han aldrig särskilt mycket med sina släktingar.

And he had dropped gradually from social visibility.

Och han hade gradvis tappat sin sociala synlighet.

Now he is known only to a small group of esthetes.

Nu är han bara känd för en liten grupp esteter.

And those who knew him came mostly from other towns.

Och de som kände honom kom mestadels från andra städer.

Even the Providence art club had found him quite hopeless.
Till och med konstklubben i Providence hade funnit honom
helt hopplös.
Of course they were anxious to preserve their conservatism.
Naturligtvis var de angelägna om att bevara sin konservatism.

***

The professor's manuscript continued to describe the visit.
Professorns manuskript fortsatte att beskriva besöket.
**The sculptor abruptly asked for his host's archeological
knowledge.**
Skulptören frågade plötsligt om sin värds arkeologiska
kunskaper.
**He wanted him to identify the hieroglyphics on the bas-
relief.**
Han ville att han skulle identifiera hieroglyferna på
basreliefen.
He spoke in a dreamy and rather stilted manner.
Han talade på ett drömskt och ganska stolligt sätt.
His speech suggested pose and alienated sympathy.
Hans tal antydde pose och alienerade sympati.
And my uncle showed some sharpness in his reply.
Och min farbror visade en viss skärpa i sitt svar.
Because the bas-relief was still conspicuously freshness.
Eftersom basreliefen fortfarande var iögonfallande fräschör.
So there was no need for any kinship with archeology.
Så det fanns inget behov av någon koppling till arkeologin.
Young Wilcox's rejoinder was of a fantastically poetic cast.
Den unge Wilcox svar var av en fantastiskt poetisk karaktär.
My uncle must have been impressed with the reply.
Min farbror måste ha varit imponerad av svaret.
And he recorded the reply of Wilcox verbatim.
Och han nedtecknade Wilcox svar ordagrant.
"The bas-relief is indeed still conspicuously fresh."
"Basreliefen är verkligen fortfarande påfallande färsk."
"Because I made this bas-relief last night, after a dream."

"För att jag gjorde den här basreliefen i natt, efter en dröm."
"A dream of strange cities and stranger people."
"En dröm om främmande städer och främmande människor."
"And dreams are older than brooding Tyros."
"Och drömmar är äldre än det grublande Tyros."
"Dreams are older than the contemplative Sphinx."
"Drömmar är äldre än den kontemplativa sfinxen."
"And dreams are older than the garden-girdled Babylon."
"Och drömmar är äldre än det trädgårdsbeklädda Babylon."
This type of speech turned out to be characteristic of him.
Denna typ av tal visade sig vara karakteristisk för honom.
It was then that he began that rambling tale.
Det var då han började den där obegripliga berättelsen.
The tale which suddenly played upon a sleeping memory.
Berättelsen som plötsligt spelade upp ett sovande minne.
The tale that won the fevered interest of my uncle.
Berättelsen som väckte min farbrors heta intresse.

***

There had been a slight earthquake tremor the night before.
Det hade varit en lätt jordbävning natten innan.
The most considerable tremor New England had felt for some years.
Den mest betydande jordskalv som New England hade känt på några år.
Wilcox's imagination had been keenly affected by the earthquake.
Wilcoxs fantasi hade påverkats starkt av jordbävningen.
He had had an unprecedented dream of great Cyclopean cities.
Han hade haft en exempellös dröm om stora cyklopiska städer.
He dreamed of Titan blocks and sky-flung monoliths.
Han drömde om titanblock och himmelsblåsta monoliter.
All the architecture was dripping with green ooze.
All arkitektur drypte av grönt slam.

And his dreams were sinister with latent horror.
Och hans drömmar var olycksbådande med dold fasa.
Hieroglyphics had covered the walls and pillars.
Hieroglyfer hade täckt väggarna och pelarna.
From somewhere underneath there came a sound.
Någonstans där nere kom ett ljud.
The sound was of a voice, but it was not a voice.
Ljudet var av en röst, men det var inte en röst.
A chaotic sensation which only fancy could transmute into sound.
En kaotisk känsla som bara fantasin kunde förvandla till ljud.
He attempted to say the almost unpronounceable word.
Han försökte säga det nästan outtalbara ordet.
A jumble of unlikely letters; "Cthulhu fhtagn".
En blandning av osannolika bokstäver; "Cthulhu fhtagn".
This verbal jumble was the key to my uncle's recollection.
Denna verbala röra var nyckeln till min farbrors minnen.
This strange sound excited and disturbed Professor Angell.
Detta märkliga ljud upphetsade och oroade professor Angell.
He questioned the sculptor with scientific minuteness.
Han ifrågasatte skulptören med vetenskaplig noggrannhet.
He studied the bas-relief with almost frantic intensity.
Han studerade basreliefen med nästan frenetisk intensitet.
My uncle blamed his old age, Wilcox afterward said.
Min farbror skyllde på sin ålderdom, sa Wilcox efteråt.
In his younger days he would have recognized the hieroglyphics.
I sina yngre dagar skulle han ha känt igen hieroglyferna.
The pictorial design wouldn't have puzzled his sharper mind.
Bilddesignen skulle inte ha förbryllat hans skarpare sinne.
Many of his questions seemed highly out of place to his visitor.
Många av hans frågor verkade högst malplacerade för hans besökare.
He tried to connect him to strange mythological cults.
Han försökte koppla honom till märkliga mytologiska kulter.

He tried to get him to admit affiliation to secret societies.
Han försökte få honom att erkänna anslutning till hemliga
sällskap.
My uncle even promised to keep his visitor's secret.
Min farbror lovade till och med att hålla sin besökares
hemlighet.
"Are you not part of a widespread mystical group?"
"Är du inte en del av en utbredd mystisk grupp?"
"Are you not a member of a paganly religious body?"
"Är du inte medlem i en hednisk religiös församling?"
**Eventually he became convinced the sculptor wasn't a
member.**
Så småningom blev han övertygad om att skulptören inte var
medlem.
He was indeed ignorant of any cult or system of cryptic lore.
Han var verkligen okunnig om någon kult eller system av
kryptisk historia.
**He besieged his visitor with demands for future reports of
dreams.**
Han belägrade sin besökare med krav på framtida
drömrapporter.
This strange request bore regular and interesting fruit.
Denna märkliga begäran bar regelbunden och intressant frukt.

***

After the first interview the manuscript records daily calls.
Efter den första intervjun registrerar manuskriptet dagliga
samtal.
He related startling fragments of nocturnal imagery.
Han berättade häpnadsväckande fragment av nattliga bilder.
There were always the same themes in his dreams.
Det fanns alltid samma teman i hans drömmar.
A terrible Cyclopean vista of dark and dripping stone.
En fruktansvärd kyklopeisk utsikt av mörk och droppande
sten.

**A subterranean voice or intelligence shouting
monotonously.**
En underjordisk röst eller intelligens som ropar monotont.
Two sounds seemed to repeat themselves in his dreams.
Två ljud tycktes upprepa sig i hans drömmar.
But these sounds were as enigmatic as the other sounds.
Men dessa ljud var lika gåtfulla som de andra ljuden.
**The sounds can only be rendered by the letters "Cthulhu"
and "R'lyeh".**
Ljuden kan bara återges med bokstäverna "Cthulhu" och
"R'lyeh".
**On March 23rd, the manuscript continued, Wilcox failed to
come.**
Den 23 mars fortsatte manuskriptet, men Wilcox dök inte upp.
My uncle made inquiries at the quarters of his whereabouts.
Min farbror gjorde förhör i kvarteret där han befann sig.
**That night he had been stricken with an obscure sort of
fever.**
Den natten hade han drabbats av en okänd sorts feber.
**And he was taken to the home of his family in Waterman
Street.**
Och han fördes till sin familjs hem på Waterman Street.
That night he had cried out in one of his dreams.
Den natten hade han gråtit högt i en av sina drömmar.
His cries aroused several other artists in the building.
Hans rop väckte uppståndelse hos flera andra konstnärer i
byggnaden.
**And he was between alternations of unconsciousness and
delirium.**
Och han befann sig mellan växlingar av medvetslöshet och
delirium.
My uncle at once telephoned the family of Wilcox.
Min farbror ringde genast Wilcox familj.
And from that time forward he kept close watch of the case.
Och från den tiden och framåt höll han noga koll på fallet.
He called often at the Thayer Street office of Dr. Tobey.
Han besökte ofta dr Tobeys mottagning på Thayer Street.

Dr. Tobey was in charge of the patient's condition.
Dr. Tobey var ansvarig för patientens tillstånd.
The youth's febrile mind was dwelling on strange things.
Den unge mannens febriga sinne uppehöll sig vid märkliga ting.
The doctor shuddered now and then as he spoke of the dreams.
Läkaren rös då och då när han talade om drömmarna.
The dreams repeated a lot of the earlier themes.
Drömmarna upprepade många av de tidigare teman.
But now his dreams made mention of something new.
Men nu omnämnde hans drömmar något nytt.
A gigantic thing "a miles high" which walked, or lumbered about.
En gigantisk sak "en mil hög" som gick eller lufsade omkring.
He at no time fully described this object in any detail.
Han beskrev aldrig detta objekt i detalj.
But Dr. Tobey relayed the frantic words of his patient.
Men Dr. Tobey återgav sin patients hektiska ord.
And the professor became increasingly certain of what it was.
Och professorn blev alltmer säker på vad det var.
The nameless monstrosity he had sought to depict in his sculpture.
Det namnlösa monstruositet han hade försökt avbilda i sin skulptur.
The doctor had mentioned the bas-relief he had made.
Läkaren hade nämnt basreliefen han hade gjort.
This mention preludes the young man's subsidence into lethargy.
Detta omnämnande föregår den unge mannens sjunkande i slöhet.
His temperature, oddly enough, was not greatly above normal.
Hans temperatur var konstigt nog inte särskilt hög.
But his general condition suggested he was in a fever.
Men hans allmäntillstånd tydde på att han hade feber.

A fever, as opposed to being in the grasp of a mental disorder.

Feber, i motsats till att vara i greppet av en psykisk störning.

***

On April 2nd at about 3 p.m. the fever came to an end.

Den 2 april vid ungefär klockan 15.00 upphörde febern.

Every trace of Wilcox's malady suddenly ceased.

Varje spår av Wilcox sjukdom upphörde plötsligt.

He sat upright in bed as if waking up from regular sleep.

Han satt upprätt i sängen som om han vaknade ur en vanlig sömn.

He was astonished to find himself at his parents' home.

Han blev förvånad över att befinna sig hemma hos sina föräldrar.

And he was completely ignorant of what had happened.

Och han var helt okunnig om vad som hade hänt.

Neither dream nor reality had made an impression on his mind.

Varken dröm eller verklighet hade gjort intryck på hans sinne.

Dr. Tobey pronounced him fit to be dismissed from his care.

Dr. Tobey förklarade honom lämplig att avskedas från sin vård.

And he returned to his quarters three days later.

Och han återvände till sina kvarter tre dagar senare.

But to Professor Angell he was of no further assistance.

Men för professor Angell var han inte till någon ytterligare hjälp.

All traces of strange dreaming had vanished with his recovery.

Alla spår av konstiga drömmar hade försvunnit med hans tillfrisknande.

For a week he recounted irrelevant and thoroughly usual visions.

I en vecka återberättade han irrelevanta och fullständigt vanliga syner.

And my uncle kept no further record of his night-thoughts.
Och min farbror förde inga ytterligare anteckningar om sina
nattliga tankar.
At this point the first part of the manuscript ended.
Vid denna tidpunkt avslutades den första delen av
manuskriptet.
But my research was still anything but concluded.
Men min forskning var fortfarande långt ifrån avslutad.
References to scattered notes helped piece things together.
Hänvisningar till spridda anteckningar hjälpte till att pussla
ihop saker och ting.
And there was more than enough material for thought.
Och det fanns mer än tillräckligt med material för eftertanke.
My distrust of the artist had still not subsided.
Min misstro mot konstnären hade fortfarande inte lagt sig.
But this was largely a result of my ingrained skepticism.
Men detta var till stor del ett resultat av min djupt rotade
skepticism.
The notes described the dreams of various persons.
Anteckningarna beskrev olika personers drömmar.
**These dreams all occurred while young Wilcox was in his
fever.**
Alla dessa drömmar inträffade medan unge Wilcox hade
feber.
My uncle, it seems, wasted no time in collecting the data.
Min farbror, verkar det som, slösade ingen tid på att samla in
informationen.
**He had quickly instituted a prodigiously far-flung body of
inquiries.**
Han hade snabbt inlett en oerhört omfattande mängd
undersökningar.
Any friend that didn't show impertinence he questioned.
Varje vän som inte visade oförskämdhet ifrågasatte han.
He requested from them nightly reports of their dreams.
Han begärde att de skulle rapportera om sina drömmar varje
natt.
And he asked if they had had any notable visions of late.

Och han frågade om de hade haft några anmärkningsvärda syner på senare tid.

The reception of his request seems to have been varied.

Mottagandet av hans förfrågan verkar ha varit varierande.

But there was certainly no shortage in replies.

Men det var sannerligen ingen brist på svar.

No ordinary man could have handled the replies alone.

Ingen vanlig människa skulle ha kunnat hantera svaren ensam.

The original correspondences were not preserved.

De ursprungliga korrespondenserna bevarades inte.

But his notes formed a thorough and significant digest.

Men hans anteckningar bildade en grundlig och betydelsefull sammanfattning.

***

Initially he had approached average people in society.

Inledningsvis hade han kontaktat vanliga människor i samhället.

New England's traditional "salt of the earth".

New Englands traditionella "jordens salt".

But this group gave an almost completely negative result.

Men den här gruppen gav ett nästan helt negativt resultat.

Though there were some exceptions to this group too.

Även om det fanns några undantag i denna grupp.

Scattered cases of uneasy but formless nocturnal impressions.

Spridda fall av oroliga men formlösa nattliga intryck.

Their reports were always between March 23rd and April 2nd.

Deras rapporter var alltid mellan 23 mars och 2 april.

This aligned with the same period of young Wilcox's delirium.

Detta stämde överens med samma period av den unge Wilcox delirium.

Men of science had been only a little more affected.

Vetenskapsmän hade bara blivit lite mer påverkade.

Though four cases of vague description were of interest.

Även om fyra fall med vag beskrivning var av intresse.

They had had fugitive glimpses of strange landscapes.

De hade fått flyktiga glimtar av märkliga landskap.

And in one case a dread of something abnormal was mentioned.

Och i ett fall nämndes en rädsla för något onormalt.

It was from the artists and poets that the pertinent answers came.

Det var från konstnärerna och poeterna som de relevanta svaren kom.

It is a blessing no one had been able to compare notes.

Det är en tur att ingen hade kunnat jämföra anteckningar.

Panic would have broken loose had they shared their visions.

Panik skulle ha brutit lös om de delat sina visioner.

This, however, did not dispel my ingrained skepticism.

Detta skingrade dock inte min djupt rotade skepticism.

Others might have come to mythical conclusions much quicker.

Andra kanske hade kommit till mytiska slutsatser mycket snabbare.

But the original letters were lacking from the notes.

Men de ursprungliga bokstäverna saknades i anteckningarna.

I half suspected the compiler of having asked leading questions.

Jag misstänkte nästan att kompilatorn hade ställt ledande frågor.

Or perhaps the correspondences weren't entirely original.

Eller kanske var korrespondenserna inte helt originella.

Perhaps my uncle had resolved to confirm Wilcox's dreams.

Kanske hade min farbror beslutat att bekräfta Wilcox drömmar.

That is why I continued to feel suspicious of the sculptor.

Det är därför jag fortsatte att känna mig misstänksam mot skulptören.

Perhaps he was still cognizant of my uncle's old data.
Kanske kände han fortfarande till min farbrors gamla data.
Perhaps he had been imposing on the veteran scientist.
Kanske hade han påtvingat den erfarna vetenskapsmannen.
Nonetheless, the corroborating data had to be investigated.
Icke desto mindre var de bekräftande uppgifterna tvungna att
undersökas.

***

The responses from the esthetes told a disturbing tale.
Svaren från esteterna berättade en oroande historia.
From February 28th to April 2nd their dreams aligned.
Från 28 februari till 2 april stämde deras drömmar överens.
**And a large proportion of them had dreamed very bizarre
things.**
Och en stor andel av dem hade drömt mycket bisarra saker.
**The timing of the intensity of their dreams was also of
interest.**
Tidpunkten för intensiteten i deras drömmar var också av
intresse.
The period of the sculptor's delirium marked a highpoint.
Perioden av skulptörens delirium markerade en höjdpunkt.
**The intensity of their dreams were immeasurably the
stronger.**
Intensiteten i deras drömmar var omätligt desto starkare.
**Over a quarter reported unfamiliar and unpronounceable
sounds.**
Över en fjärdedel rapporterade okända och outtalbara ljud.
Noises not dissimilar to what Wilcox had also described.
Ljud inte helt olikt vad Wilcox också hade beskrivit.
**Some described highly elaborate and impossible
architecture.**
Vissa beskrev mycket utarbetad och omöjlig arkitektur.
And some of the dreamers confessed to an acute fear.
Och några av drömmarna erkände en akut rädsla.
Like Wilcox, they had seen some gigantic nameless thing.

Liksom Wilcox hade de sett någon gigantisk namnlös sak.

One case, which the note describes with emphasis, was very sad.

Ett fall, som anteckningen beskriver med eftertryck, var mycket sorgligt.

The subject was a widely known architect of the region.

Motivet var en allmänt känd arkitekt i regionen.

He too had leanings toward theosophy and occultism.

Även han hade lutningar mot teosofi och ockultism.

This man went violently insane on March the 22nd.

Den här mannen blev våldsamt galen den 22 mars.

The exact same date of young Wilcox's seizure.

Exakt samma datum som unge Wilcox beslagtogs.

He expired several months later, after incessant screaming.

Han dog flera månader senare, efter oavbrutet skrikande.

He begged to be saved from some escaped denizen of hell.

Han bad om att bli räddad från någon förrymd helvetesinvånare.

Regrettably, my uncle did not refer to these cases by name.

Tyvärr nämnde inte min farbror dessa fall vid namn.

Instead, all studies were given nothing more than a number.

Istället fick alla studier inget mer än ett nummer.

This way I was limited in attempting any personal investigation.

På så sätt begränsades mina möjligheter att göra någon personlig undersökning.

And corroborating the evidence further was demanding.

Och att ytterligare bekräfta bevisen var krävande.

But finally I did succeed in tracing down some cases.

Men till slut lyckades jag spåra upp några fall.

I should have trusted the notes from my uncle.

Jag borde ha litat på anteckningarna från min farbror.

They reported their dreams true to their reports.

De rapporterade att deras drömmar stämmer överens med sina rapporter.

I have often wondered what they thought the questioning meant.

Jag har ofta undrat vad de trodde att förhören betydde.
It is for the best that no explanation shall ever reach them.
Det är bäst att ingen förklaring någonsin når dem.

*****

As I have mentioned, my uncle also collected press clippings.
Som jag har nämnt samlade även min farbror på pressklipp.
These press clippings corresponded to the dates in question.
Dessa pressklipp motsvarade de aktuella datumen.
The sources were scattered throughout the globe.
Källorna var spridda över hela världen.
Professor Angell must have employed a cutting bureau.
Professor Angell måste ha anlitat en skärbyrå.
Because the number of extracts was tremendous.
Eftersom antalet utdrag var enormt.
There was a parallel to this part of his research.
Det fanns en parallell till denna del av hans forskning.
Cases of panic, mania, and eccentricity.
Fall av panik, mani och excentricitet.
One case was a nocturnal suicide in London.
Ett fall var ett nattligt självmord i London.
A lone sleeper had leaped from a window after a shocking cry.
En ensam sovande hade hoppat ut från ett fönster efter ett chockerande skrik.
A rambling letter to the editor of a paper in South America.
Ett osammanhängande brev till redaktören för en tidning i Sydamerika.
A fanatic deduces a dire future from visions he had had.
En fanatiker härleder en dyster framtid från visioner han haft.
A dispatch from California describes a theosophist colony.
Ett meddelande från Kalifornien beskriver en teosofisk koloni.
They donned white robes en masse for some "glorious fulfilment".

De iklädde sig vita dräkter i massor för någon "härlig
uppfyllelse".
Although that "glorious fulfilment" never arose.
Även om den "härliga uppfyllelsen" aldrig uppstod.
There seems to be serious unrest from the natives in India.
Det verkar råda allvarliga oroligheter från de infödda i Indien.
Voodoo orgies multiplied in Haiti.
Voodoo-orgier mångfaldigades i Haiti.
African outposts report ominous mutterings.
Afrikanska utposter rapporterar olycksbådande mumlande.
**American officers in the Philippines find certain tribes
bothersome.**
Amerikanska officerare på Filippinerna tycker att vissa
stammar är besvärliga.
New York policemen are mobbed by hysterical Levantines.
New York-poliser mobbas av hysteriska levantiner.
This occurred exactly on the night of March 22-23.
Detta inträffade exakt natten mellan den 22 och 23 mars.
**The west of Ireland, too, was full of wild rumor and
legendry.**
Även västra Irland var fullt av vilda rykten och legender.
**A fantastic painter named Ardois-Bonnot made the news in
France.**
En fantastisk målare vid namn Ardois-Bonnot blev nyheter i
Frankrike.
**He hung a blasphemous dream landscape in the Paris spring
salon.**
Han hängde upp ett blasfemiskt drömlandskap i Paris
vårsalong.
**The recorded troubles in insane asylums were
immeasurable.**
De dokumenterade problemen på mentalsjukhusen var
omätliga.
**A miracle must have kept the medical fraternities
unsuspecting.**
Ett mirakel måste ha hållit läkarkåren intet ont anande.
But they never noted the strange parallelisms of the cases.

Men de noterade aldrig de märkliga parallellerna mellan fallen.

Else they too would have come to mystified conclusions.

Annars hade även de dragit förbryllade slutsatser.

I must confess these were indeed a set of weird paper cuttings.

Jag måste erkänna att det här verkligen var en uppsättning konstiga pappersurklipp.

My uncle had put forward a convincing argument.

Min farbror hade lagt fram ett övertygande argument.

I can't explain how I set the evidence aside.

Jag kan inte förklara hur jag lade bevisen åt sidan.

But my callous rationalism took the upper hand.

Men min känslolösa rationalism tog överhanden.

And I was still suspicious of the young sculptor, Wilcox.

Och jag var fortfarande misstänksam mot den unge skulptören Wilcox.

He must have known of the older matters mentioned by the professor.

Han måste ha känt till de äldre förhållanden som professorn nämnde.

The Tale of Inspecter Legrasse
Sagan om inspektör Legrasse

Let me turn your attention away from the young sculptor.
Låt mig rikta din uppmärksamhet bort från den unge skulptören.
And let us focus on the second half of the manuscript.
Och låt oss fokusera på manuskriptets andra hälft.
A few dreams alone would not have been so significant.
Några få drömmar ensamma skulle inte ha varit så betydelsefulla.
The bas-relief could have been dismissed as a hoax.
Basreliefen kunde ha avfärdats som en bluff.
But my uncle had previously been primed to take interest.
Men min farbror hade tidigare varit beredd att visa intresse.
Wilcox's dream seemed to have a link to past events.
Wilcox dröm verkade ha en koppling till tidigare händelser.
It wasn't the first time that he had heard that word.
Det var inte första gången han hade hört det ordet.
The ominous syllables perhaps written as "Cthulhu".
De olycksbådande stavelserna kanske skrivna som "Cthulhu".
He had seen and heard of similar descriptions before.
Han hade sett och hört liknande beskrivningar tidigare.
The hellish outlines of the nameless monstrosity.
De helvetiska konturerna av det namnlösa monstret.
He had previously puzzled over the same hieroglyphics.
Han hade tidigare grubblat över samma hieroglyfer.
All this produced a horrible connection of events.
Allt detta skapade ett fruktansvärt samband mellan händelserna.
It is no wonder he pursued young Wilcox with queries.
Det är inte konstigt att han förföljde unge Wilcox med frågor.
And we must not be surprised he interrogated Wilcox so.
Och vi får inte bli förvånade över att han förhörde Wilcox på det sättet.
This earlier experience had come in the year of 1908.
Denna tidigare erfarenhet hade inträffat år 1908.

Seventeen years before Wilcox came to my great-uncle.
Sjutton år innan Wilcox kom till min gammelfarbror.
The archeological society were meeting in St. Louis.
Det arkeologiska sällskapet möttes i St. Louis.
Professor Angell had a prominent part in the deliberations.
Professor Angell hade en framträdande roll i
överläggningarna.
His responsibilities befitted one of his authority.
Hans ansvar anstod en av hans auktoriteter.
He was one of the first to be approached by several
outsiders.
Han var en av de första som blev kontaktad av flera
utomstående.
They took advantage of the convocation to offer questions.
De utnyttjade sammankomsten för att ställa frågor.
They hoped for correct answering from an expert.
De hoppades på ett korrekt svar från en expert.
They each had very peculiar types of problems.
De hade var och en mycket speciella typer av problem.
And they required very different types of solutions.
Och de krävde väldigt olika typer av lösningar.
The chief of these was a common-looking middle-aged man.
Chefen för dessa var en medelålders man med alldaglig
utseende.
And he quickly became the meeting's focus of interest.
Och han blev snabbt mötets fokus.

***

He had traveled to St. Louis all the way from New Orleans.
Han hade rest till St. Louis hela vägen från New Orleans.
He had come to the meeting for special information.
Han hade kommit till mötet för att få särskild information.
Knowledge that could not be unobtained from local source.
Kunskap som inte kunde erhållas utan lokala källor.
His name was John Raymond Legrasse, police inspector.
Hans namn var John Raymond Legrasse, polisinspektör.

He bore with him the mysterious subject of his inquiries.
Han bar med sig det mystiska ämnet för sina undersökningar.
A grotesque and apparently very ancient stone statuette.
En grotesk och till synes mycket gammal stenstatyett.
A statuette whose origin no one had been able to determine.
En statyett vars ursprung ingen hade kunnat fastställa.
But don't assume Inspector Legrasse was an archeologist.
Men anta inte att inspektör Legrasse var arkeolog.
He had very little interest in archeology, nor mythology.
Han hade väldigt lite intresse för arkeologi eller mytologi.
His wish for enlightenment had rather different
motivations.
Hans önskan om upplysning hade helt andra motiv.
He was prompted to come by purely professional
considerations.
Han var manad att komma av rent professionella
överväganden.
The statuette had been captured as part of a police raid.
Statyetten hade beslagtagits som en del av en polisrazzia.
Although whether it was even a statuette wasn't determined.
Även om det ens var en statyett var inte fastställt.
It could also have been an idol, magic fetish, or charm.
Det kunde också ha varit en idol, magisk fetisch eller amulett.
Whatever it was, it had been captured some months
previously.
Vad det än var, så hade det tillfångatagits några månader
tidigare.
A meeting was being held in the wooded swamps of New
Orleans.
Ett möte hölls i de skogsklädda träskmarkerna i New Orleans.
The police had been tipped of about a supposed voodoo
meeting.
Polisen hade fått ett tips om ett förmodat voodoo-möte.
Strange and hideous rites connected with the voodoo circle.
Märkliga och hemska riter kopplade till voodoo-cirkeln.
The police could not but realize what they had stumbled on.
Polisen kunde inte annat än inse vad de hade snubblat över.

A dark cult previously totally unknown to the authorities.
En mörk kult som tidigare varit helt okänd för
myndigheterna.
Infinitely more sinister than what an outsider could expect.
Oändligt mycket mer ondskefull än vad en utomstående
kunde förvänta sig.
**More diabolic than the blackest of the African voodoo
circles.**
Mer djävulsk än den svartaste av de afrikanska voodoo-
kretsarna.
**Unbelievable tales were extorted from the captured cult
members.**
Otroliga berättelser utpressades från de tillfångatagna
kultmedlemmarna.
But nothing of the relic's origin could be discovered.
Men ingenting om relikens ursprung kunde upptäckas.
Hence the anxiety of the police for any antiquarian lore.
Därav polisens oro för all antikvarisk kunskap.
Ancient mythology might explain the frightful symbol.
Antik mytologi kan förklara den fruktansvärda symbolen.
Deeper knowledge could perhaps track the fountain-head.
Djupare kunskap kanske skulle kunna spåra källan.
**Inspector Legrasse was not prepared for the excitement he
created.**
Inspektör Legrasse var inte förberedd på den uppståndelse
han skapade.
One sight of the mysterious object was all that was required.
En enda syn på det mystiska föremålet var allt som krävdes.
The assembled men of science were filled with curiosity.
De församlade vetenskapsmännen var fyllda av nyfikenhet.
They lost no time in crowding closely around the inspector.
De förlorade ingen tid och trängdes tätt runt inspektören.
**And they all tried to get the best look at the diminutive
figure.**
Och de försökte alla få den bästa titten på den lilla gestalten.

***

The genuinely abysmal antiquity inspired wild imagination.
Den genuint avgrundsdjupa antiken inspirerade vild fantasi.
The strangeness hinted so potently at unopened and archaic vistas.
Det märkliga antydde så kraftfullt oöppnade och arkaiska vyer.
No recognized school of sculpture had animated this terrible object.
Ingen erkänd skulpturskola hade gett liv åt detta fruktansvärda objekt.
Yet centuries seemed recorded in the dim and greenish surface.
Ändå tycktes århundraden nedtecknade i den dunkla och grönaktiga ytan.
Perhaps thousands of years were hidden in this unplaceable stone.
Kanske tusentals år låg gömda i denna oplaceerbara sten.
The figurine was finally passed slowly from man to man.
Figurinen gick slutligen långsamt vidare från man till man.
Each scientist carefully studied the strange markings of the stone.
Varje forskare studerade noggrant stenens märkliga markeringar.
The work was between seven and eight inches in height.
Verket var mellan sju och åtta tum högt.
And the exquisite artistic workmanship must be noted.
Och det utsökta konstnärliga hantverket måste noteras.
The carvings represented a monster of vaguely anthropoid outline.
Ristningarna föreställde ett monster med vagt antropoida konturer.
On the face of the octopus-esque head was a mass of feelers.
På framsidan av det bläckfiskliknande huvudet fanns en massa känselspringor.
Prodigious claws on hind and fore feet protruded from the body.

Enorma klor på bak- och framtassarna stack ut från kroppen.

The bloated corpulence had a rubbery looking quality to it.

Den uppsvällda fetheten hade ett segt utseende.

And from behind the rubbery body came out two narrow wings.

Och bakom den gummiaktiga kroppen kom två smala vingar ut.

It would be instinctual to think of this thing as fearsome.

Det skulle vara instinktivt att tänka på denna sak som skrämmande.

There was an unnatural malignancy to the aura of the creature.

Det fanns en onaturlig elakartad form i varelsens aura.

The gargantuan squatted evilly on a rectangular block.

Gigantuanen hukade sig ondskefullt på ett rektangulärt block.

The pedestal it was on was covered with undecipherable characters.

Piedestalen den stod på var täckt med otydliga tecken.

The tips of the wings touched the back edge of the block.

Vingspetsarna nuddade blockets bakkant.

The creature was sitting on the middle of the giant block.

Varelsen satt mitt på det jättelika blocket.

Its legs were doubled up under its monstrous body.

Dess ben var dubbelvikta under dess monstruösa kropp.

The long, curved claws gripped the front edge of the cliff.

De långa, böjda klorna grep tag i klippans framkant.

The cephalopod head was bent forward, observing its kingdom.

Bläckfiskens huvud var framåtböjt och observerade sitt rike.

The ends of the facial feelers brushed the backs of huge forepaws.

Ändarna på ansiktskänslorna snuddade vid baksidan av enorma framtassar.

And the forepaws clasped the croucher's elevated knees.

Och framtassarna grep tag i den som satt på huk, dess upphöjda knän.

The appearance of the grotesque scene was abnormally lifelike.
Den groteska scenens utseende var onormalt verklighetstroget.
But this lifelike quality only added a subtle reason to be more fearful.
Men denna verklighetstrogen egenskap gav bara en subtil anledning att vara mer rädd.
Because we knew nothing about the source of the depiction.
Eftersom vi inte visste någonting om källan till avbildningen.
The creature's vast, awesome, and incalculable age was unmistakable.
Varelsens väldiga, häpnadsväckande och oöverskådliga ålder var omisskännlig.
But not one link did the depiction show with any known type of art.
Men inte ett enda samband visade avbildningen med någon känd typ av konst.
Not even the earliest civilizations made reference to this creature.
Inte ens de tidigaste civilisationerna hänvisade till denna varelse.
But that is not the only point at which our knowledge failed us.
Men det är inte den enda punkten där vår kunskap svek oss.

*****

The mineralogy of the stone was also a complete mystery.
Stenens mineralogi var också ett fullständigt mysterium.
Gold specks dotted the soapy, greenish-black stone.
Guldprickar prickade den tvåliga, grönsvarta stenen.
Iridescent striations ran along the length of the stone.
Iriserande strimmor löpte längs stenens längd.
In short, the stone resembled nothing within mineralogy.
Kort sagt, stenen liknade ingenting inom mineralogi.
Geologists hadn't been able to identify the stone either.

Geologer hade inte heller kunnat identifiera stenen.
The hieroglyphs along the stone were equally baffling.
Hieroglyferna längs stenen var lika förbryllande.
The writing system was horribly different than other scripts.
Skrivsystemet var fruktansvärt annorlunda än andra manus.
A representation of half the world's leading experts was present.
En representation av hälften av världens ledande experter var närvarande.
But no link to any known writing system could be established.
Men ingen koppling till något känt skriftsystem kunde upprättas.
Everything frightfully suggested an old and unhallowed cycle of life.
Allt antydde förskräckligt en gammal och ohelig livscykel.
A history in which our world and our conceptions played no part.
En historia där vår värld och våra föreställningar inte spelade någon roll.
The experts shook their heads, admitting they had been defeated.
Experterna skakade på huvudet och erkände att de hade lidit motstånd.
But one expert did not give up quite so quickly.
Men en expert gav inte upp lika snabbt.
He claimed to have a touch of bizarre familiarity with the subject.
Han påstod sig ha en ansträngning av bisarr förtrogenhet med ämnet.
The monstrous shape and writing weren't entirely new to him.
Den monstruösa formen och skriften var inte helt nya för honom.
With some diffidence he told of the odd trifle he knew.
Med en viss försiktighet berättade han om den udda bagatell han kände till.

This person was the late William Channing Webb.

Denna person var den avlidne William Channing Webb.

He was professor of anthropology in Princeton University.

Han var professor i antropologi vid Princeton University.

And he was an explorer of no small significance.

Och han var en upptäcktsresande av inte ringa betydelse.

***

Forty-eight years ago he was exploring Greenland and Iceland.

För fyrtioåtta år sedan utforskade han Grönland och Island.

His group were in search of some Runic inscriptions.

Hans grupp letade efter några runiska inskriptioner.

But the expedition failed to unearth any inscriptions.

Men expeditionen misslyckades med att gräva fram några inskriptioner.

They trekked the heights of West Greenland's coasts.

De vandrade längs höjderna längs Västgrönlands kuster.

Here they encountered a strange cult of degenerate Eskimos.

Här stötte de på en märklig kult av degenererade eskimåer.

Their religion consisted of a form of devil-worship.

Deras religion bestod av en form av djävulsdyrkan.

And their rituals were deliberately bloodthirsty and repulsive.

Och deras ritualer var avsiktligt blodtörstiga och motbjudande.

It was a faith of which other Eskimos knew little.

Det var en tro som andra eskimåer kände föga till.

Locals shuddered at the mention of their practices.

Lokalbefolkningen rös vid omnämnandet av deras sedvänjor.

They said their believes came from horribly ancient eons.

De sa att deras övertygelser kom från fruktansvärt gamla eoner.

A time before the world as we know it now had ever been made.

En tid innan världen som vi känner den nu någonsin hade skapats.

There were human sacrifices and queer hereditary rituals.

Det förekom människooffer och konstiga ärftliga ritualer.

And all their worship was directed at a supreme tornasuk.

Och all deras dyrkan riktades mot en högsta tornasuk.

Professor Webb had taken a phonetic copy from an aged angekok.

Professor Webb hade tagit en fonetisk kopia från en gammal angekok.

He had transcribed the wizard-priest's chants as best he could.

Han hade transkriberat trollkarlsprästens sånger så gott han kunde.

But currently these transcriptions weren't of prime significance.

Men för närvarande var dessa transkriptioner inte av största betydelse.

The cult had a cherished stone that they worshipped.

Kulten hade en uppskattad sten som de dyrkade.

They danced wildly when the aurora leaped over the ice cliffs.

De dansade vilt när norrskenet hoppade över isklipporna.

And in the midst of their dance was the strange stone.

Och mitt i deras dans fanns den märkliga stenen.

It was, the professor stated, a very crude bas-relief of stone.

Det var, konstaterade professorn, en mycket grov basrelief av sten.

The stone comprised a hideous picture and some cryptic writing.

Stenen bestod av en hemsk bild och en del kryptisk skrift.

And as far as he could tell this stone was a rough parallel.

Och så vitt han kunde bedöma var den här stenen en grov parallell.

The stone had all the same essential features of bestial things.

Stenen hade alla samma väsentliga egenskaper hos bestialiska ting.

The scientists received this data with suspense and astonishment.

Forskarna mottog dessa uppgifter med spänning och förvåning.

Even Inspector Legrasse had quickly gained an interest in mythology.

Till och med inspektör Legrasse hade snabbt fått ett intresse för mytologi.

And he began at once to ply his informant with questions.

Och han började genast överösta sin informant med frågor.

He had notes of the oral ritual of the cult-worshipers in the swamp.

Han hade anteckningar om kultdyrkarnas muntliga ritualer i träsket.

He besought the professor to remember the diabolist Eskimos' chants.

Han bad professorn att komma ihåg de djävulska eskimåernas ramsor.

There then followed an exhaustive comparison of details.

Sedan följde en uttömmande jämförelse av detaljer.

And there then followed a moment of really awed silence.

Och sedan följde ett ögonblick av verkligt vördnadsfull tystnad.

The Eskimo wizards and the Louisiana swamp-priests were worlds apart.

Eskimåtrollkarlarna och träskprästerna i Louisianas var världar från varandra.

And yet there was a phrase the two hellish rituals had in common.

Och ändå fanns det en fras som de två helvetiska ritualerna hade gemensamt.

"Ph'nglui mglw'nafh Cthulhu R'lyeh wgah'nagl fhtagn."

"Ph'nglui mglw'nafh Cthulhu R'lyeh wgah'nagl fhtagn."

***

Legrasse had one advantage over Professor Webb.

Legrasse hade en fördel gentemot professor Webb.

He had spoken to several of his mongrel prisoners.

Han hade talat med flera av sina blandfångar.

Some of them had passed on the phrase's meaning.

Några av dem hade fört vidare frasens betydelse.

"In his house at R'lyeh dead Cthulhu waits dreaming."

"I sitt hus i R'lyeh väntar den döde Cthulhu och drömmer."

So the attention turned back to Inspector Legrasse.

Så vändes uppmärksamheten åter till inspektör Legrasse.

And he was probed with many disconnected questions.

Och han blev utfrågad med många osammanhängande frågor.

He detailed his experience with the worshipers from the swamp.

Han beskrev sina erfarenheter med tillbedarna från träsket.

My uncle attached profound significance to the story.

Min farbror fäste djup vikt vid berättelsen.

The report savored of the wildest dreams of myth-makers.

Rapporten smakade av mytskaparnas vildaste drömmar.

Theosophists could not have provided more imagination.

Teosofer kunde inte ha bidragit med mer fantasi.

But the philosophies came from unexpected sources.

Men filosofierna kom från oväntade håll.

Half-castes and pariahs told these fantastical stories.

Halvkastare och pariaer berättade dessa fantastiska historier.

On November 1st, 1907, his chain of events unfolded.

Den 1 november 1907 utspelade sig hans händelsekedja.

The New Orleans police received desperate calls.

Polisen i New Orleans fick desperata samtal.

They were called to the swamp and lagoon country to the south.

De kallades till träsk- och lagunlandet i söder.

The settlers there were mostly primitive, but good-natured.

Nybyggarna där var mestadels primitiva, men godmodiga.

Most living by the swamp were descendants of Lafitte's men.

De flesta som bodde vid träsket var ättlingar till Lafittes män.
But now they were in the grip of stark terror.
Men nu var de i en skarp skräckens grepp.
An unknown thing had stolen upon them in the night.
Något okänt hade smugit sig in på dem under natten.
It was voodoo, apparently, that caused the disturbance.
Det var tydligen voodoo som orsakade störningen.
But it was a voodoo unlike the other forms of voodoo.
Men det var en voodoo till skillnad från de andra formerna av voodoo.
Voodoo of a more terrible sort than they had ever known.
Voodoo av ett mer fruktansvärt slag än de någonsin hade upplevt.
Some of their women and children had disappeared.
Några av deras kvinnor och barn hade försvunnit.
A malevolent drumming had begun its incessant beating.
Ett illvilligt trummande hade börjat sitt oupphörliga slag.
Far and deep within those dark, black haunted woods.
Långt och djupt inne i de mörka, svarta, hemsökta skogarna.
There, where no dweller dared to ventured close to.
Dit, där ingen invånare vågade komma i närheten.
There were insane shouts and harrowing screams.
Det var vansinniga rop och hjärtskärande skrik.
Soul-chilling chants and dancing devil-flames.
Själskyrlande sånger och dansande djävulsflammor.
The messenger and his people could stand it no more.
Budbäraren och hans folk stod inte ut längre.
A body of twenty police set out in the late afternoon.
Ett tjugotal poliser ryckte ut sent på eftermiddagen.
And a shivering settler came with them as a guide.
Och en huttrande nybyggare följde med dem som guide.

***

At the end of the passable road they alighted.
Vid slutet av den framkomliga vägen steg de av.
For miles and miles they splashed on in silence.

Kilometervis plaskade de vidare i tystnad.
And they went on through the terrible cypress woods.
Och de fortsatte genom de fruktansvärda cypressskogarna.
Dark, dark woods in which day but almost never came.
Mörka, mörka skogar i vilka dag men nästan aldrig kom.
Ugly roots set traps for them in the wet ground.
Fula rötter gillrar fällor för dem i den våta marken.
Malignant hanging nooses of Spanish moss beset them.
Illamående hängande snaror av spansk mossa omgärdade dem.
In the distance the settlement slowly came into sight.
I fjärran kom bosättningen långsamt till syne.
Hysterical dwellers ran out of the miserable huts.
Hysteriska invånare sprang ut ur de eländiga hyddorna.
They clustered around the group of bobbing lanterns.
De samlades runt gruppen av guppande lyktor.
Far, far ahead the cause of all the fear could be heard.
Långt, långt fram kunde orsaken till all rädsla höras.
The muffled beat of drums was now faintly audible.
Trummornas dämpade taktslag var nu svagt hörbart.
At times the wind shifted and revealed different sounds.
Ibland vände vinden och avslöjade andra ljud.
Curdling shrieks were audible at infrequent intervals.
Iskallande skrik hördes med sällsynta mellanrum.
A reddish glare seemed to filter through the undergrowth.
Ett rödaktigt sken tycktes silas genom undervegetationen.
The settlers were reluctant to be left alone again.
Nybyggarna var ovilliga att bli lämnade ensamma igen.
But they point blank refused to move forwards either.
Men de vägrade blankt att gå vidare heller.
So the inspector and his colleagues plunged on unguided.
Så fortsatte inspektören och hans kollegor utan att vägledas.
And they went into the black arcades of horror.
Och de gick in i skräckens svarta arkader.
The region was one of traditionally evil repute.
Regionen hade traditionellt ett ont rykte.
The lands were substantially unknown by white men.

Länderna var i stort sett okända för vita män.

Not many explorers had traversed those regions yet.

Inte många upptäcktsresande hade ännu rest igenom dessa
områden.

There were also legends of a hidden away lake.

Det fanns också legender om en gömd sjö.

A body of water still unglimpsed by mortal sight.

En vattensamling fortfarande outsedd för dödlig syn.

In the lake it was said there dwelt a strange creature.

Det sades att det bodde en märklig varelse i sjön.

A huge, formless white polypous thing with luminous eye.

En enorm, formlös vit polypös sak med självlysande öga.

And settlers whispered about bat-winged devils.

Och nybyggare viskade om fladdermusvingade djävlar.

They flew up out of caverns from the inner earth.

De flög upp ur grottor från jordens inre.

And together the demons worship it at midnight.

Och tillsammans tillber demonerna den vid midnatt.

They said it had been there before D'Iberville.

De sa att den hade funnits där före D'Iberville.

They said it had been there before La Salle too.

De sa att den hade funnits där före La Salle också.

They said it was there before the Native Americans.

De sa att den fanns där före indianerna.

Perhaps it was even there before the wholesome beasts.

Kanske fanns den till och med där före de sunda djuren.

It was a nightmare itself that made men dream.

Det var en mardröm i sig som fick män att drömma.

And to see the thing was the same as death.

Och att se saken var detsamma som döden.

And so they had enough warning to know to keep away.

Och så hade de tillräckligt med varning för att hålla sig borta.

Because it was indeed where they were warned it was.

För det var faktiskt där de varnades att det var.

The voodoo orgy was on the fringe of this abhorred area.

Voodoo-orgien befann sig i utkanten av detta avskydda
område.

But the location was already bad enough by itself.
Men läget var redan dåligt nog i sig.
The voodoo activities only added to the horror.
Voodoo-aktiviteterna ökade bara skräcken.
Perhaps poetry could do justice to the noises heard.
Kanske poesi skulle kunna göra rättvisa åt de ljud som hörs.
Otherwise only madness would help one understand.
Annars skulle bara galenskap hjälpa en att förstå.
But Legrasse's plowed on through the black morass.
Men Legrasse har plöjt vidare genom det svarta träsket.
The sound of the muffled drumming slowly crystalized.
Ljudet av det dämpade trummandet kristalliserades långsamt.
And they continued steadily towards the red glare.
Och de fortsatte stadigt mot det röda skenet.

***

There are vocal qualities specific to men.
Det finns vokala egenskaper som är specifika för män.
And there are vocal qualities specific to beasts.
Och det finns sångkvaliteter som är specifika för djur.
It is terrible when one makes the sounds of the other.
Det är hemskt när den ena gör den andras ljud.
Animal fury freed them of their human restraint.
Djurens raseri befriade dem från deras mänskliga
begränsningar.
Orgiastic license whipped them into demoniac heights.
Orgiastisk frihet piskade dem till demoniska höjder.
Howls that tore through those perpetually dark woods.
Ylanden som slet genom de ständigt mörka skogarna.
Squawking ecstasies that echoed in everyone's mind.
Skrikande extaser som ekade i allas sinnen.
Sounds like pestilential tempests from the gulfs of hell.
Låter som pestilensiska stormar från helvetets avgrundar.
Now and then the less organized ululations would cease.
Då och då upphörde de mindre organiserade ululationerna.
A well-drilled chorus of hoarse voices rose in singsong.

En vältränad kör av hesa röster steg i allsång.
And they chanted that hideous phrase of their ritual.
Och de skanderade den hemska frasen från sin ritual.
"Ph'nglui mglw'nafh Cthulhu R'lyeh wgah'nagl fhtagn"
"Ph'nglui mglw'nafh Cthulhu R'lyeh wgah'nagl fhtagn"
Then the men reached a spot where the trees were sparser.
Sedan nådde männen en plats där träden var glesare.
Suddenly they come in sight of the spectacle itself.
Plötsligt kommer de i sikte av själva skådespelet.
Four of them reeled from the horrible things they saw.
Fyra av dem vacklade efter de hemska saker de såg.
One man fainted, and two were shaken into a frantic cry.
En man svimmade, och två skakades av ett frenetiskt skrik.
Fortunately their screams were not heard by other ears.
Som tur var hördes inte deras skrik av andra öron.
The mad cacophony of the orgy deadened their screams.
Orgiens galna kakofoni dämpade deras skrik.
Legrasse splashed swamp water on the fainting man.
Legrasse stänkte träskvatten på den svimmande mannen.
They stood up again, but nearly hypnotized with horror.
De reste sig upp igen, men nästan hypnotiserade av fasa.
In a natural glade of the swamp stood a grassy island.
I en naturlig glänta i träsket stod en gräsbevuxen ö.
The grassy island extended perhaps for an acre.
Den gräsbevuxna ön sträckte sig kanske över ett tunnland.
And the area was clear of trees and tolerably dry.
Och området var fritt från träd och någorlunda torrt.
A horde of human abnormality leaped and twisted.
En hord av mänsklig abnormitet hoppade och vred sig.
No Sime could paint what the men were seeing.
Ingen Sime kunde måla vad männen såg.
No Angarola has ever painted such an indescribable scene.
Ingen Angarola har någonsin målat en så obeskrivlig scen.
The hybrid spawn made a monstrous ring-shaped bonfire.
Hybridfamiljen skapade en monstruös ringformad brasa.
They brayed bellowed and writhed about in their nudity.
De bräkte, vrålde och vred sig omkring i sin nakenhet.

Occasionally there were rifts in the curtain of flame.

Ibland fanns det sprickor i lågridån.

And there the object of their worship revealed itself.

Och där uppenbarade sig föremålet för deras dyrkan.

In the midst of the fire stood a great granite monolith.

Mitt i elden stod en stor granitmonolit.

The stone structure was only about eight feet in height.

Stenstrukturen var bara cirka åtta fot hög.

And the noxious carven statuette rested on the monolith.

Och den skadliga snidade statyetten vilade på monoliten.

The idle was almost incongruous in its diminutiveness.

Sysslolösheten var nästan oförenlig i sin litenhet.

Spaced evenly, scaffolds had been erected around the fire.

Jämnt fördelade hade byggnadsställningar rests runt elden.

From the scaffolding hung a number of marred bodies.

Från byggnadsställningen hängde ett antal skadade kroppar.

The bodies of those that had disappeared from nearby.

Kropparna av de som hade försvunnit från närområdet.

It was inside this circle the ring of worshipers were.

Det var innanför denna cirkel ringen av dyrkare befann sig.

And they roared and jumped in the frantic trance.

Och de vrålade och hoppade till i den frenetiska transen.

The general direction of the motion was anti-clockwise.

Rörelsens allmänna riktning var moturs.

The ring of bodies circling around the ring of fire.

Ringen av kroppar som cirklar runt eldringen.

One man recollected other details even more concerning.

En man mindes andra detaljer som var ännu mer oroande.

But perhaps the echoes induced him to hear other things.

Men kanske ekona fick honom att höra andra saker.

He fancied he heard antiphonal responses to the ritual.

Han tyckte sig höra antifonala svar på ritualen.

Noises from an unillumined spot deeper within the woods.

Ljud från en oupplyst plats djupare inne i skogen.

This man, Joseph D. Galvez, I later met and questioned.

Den här mannen, Joseph D. Galvez, träffade och förhörde jag senare.

And he proved to indeed be distractingly imaginative.
Och han visade sig verkligen vara distraherande fantasifull.
He even hinted at the faint beating of great wings.
Han antydde till och med det svaga slaget från stora vingar.
And he suggested there was a glimpse of shining eyes.
Och han antydde att det fanns en glimt av lysande ögon.
And beyond the trees, a mountainous white bulk of something.
Och bortom träden, en bergig vit massa av något.
I suppose he had heard too much native superstition.
Jag antar att han hade hört för mycket vidskepelse från inhemsk befolkning.
But actually the horrified pause was relatively brief.
Men i själva verket var den förskräckta pausen relativt kort.
Duty came first, and they had come to do a job.
Plikten kom först, och de hade kommit för att utföra ett jobb.

***

There must have been nearly a hundred mongrel celebrants.
Det måste ha varit nästan hundra blandrascelebranter.
But the police were able to rely on their firearms.
Men polisen kunde lita på sina skjutvapen.
And they plunged determinedly into the nauseous rout.
Och de störtade beslutsamt in i den motbjudande fluktuationen.
For five minutes the chaotic din was beyond description.
I fem minuter var det kaotiska oljudet bortom beskrivning.
Wild blows were struck and shots were fired.
Vilda slag utdelades och skott avlossades.
Some escaped arrest by running into the darkness.
Några undkom gripandet genom att springa in i mörkret.
They had a better knowledge of the layout of the swamp.
De hade bättre kunskap om träskets utformning.
But Legrasse and his men caught around half of them.
Men Legrasse och hans män fångade ungefär hälften av dem.
And they counted around forty-seven sullen prisoners.

Och de räknade till omkring fyrtiosju muttra fångar.
They were forced to put on their clothes again.
De tvingades ta på sig kläderna igen.
And they fell into line between two rows of policemen.
Och de ställde sig i kö mellan två rader poliser.
Five of the worshipers lay dead by the fire.
Fem av de troende låg döda vid elden.
Two severely wounded prisoners were carried away.
Två svårt sårade fångar fördes bort.
Of course the image on the monolith was removed.
Naturligtvis togs bilden på monoliten bort.
Legrasse himself took the evidence to the police station.
Legrasse själv tog bevisen till polisstationen.
The trip back to the headquarters was of intense strain.
Resan tillbaka till högkvarteret var mycket påfrestande.
The men were examined when they got back to civilization.
Männen undersöktes när de återvände till civilisationen.
The prisoners all proved to be men of a very low type.
Fångarna visade sig alla vara män av mycket låg rang.
They were all mixed-blooded, and mentally aberrant.
De var alla blandblodiga och mentalt avvikande.
Most were seamen by trade, or some similar professions.
De flesta var sjömän till yrket, eller något liknande yrken.
Negroes and mulattoes were sprinkled among them.
Negrer och mulatter var utspridda bland dem.
But most seemed to be West Indians or Brava Portuguese.
Men de flesta verkade vara västindier eller bravaportugiser.
They primarily came from the Cape Verde Islands.
De kom främst från Kap Verdeöarna.
They gave the heterogeneous cult a coloring of voodooism.
De gav den heterogena kulten en färg av voodooism.
But there wasn't even a need to ask too many questions.
Men det fanns inte ens någon anledning att ställa för många
frågor.
The conclusion quickly became manifest by itself.
Slutsatsen blev snabbt uppenbar av sig själv.
Something far deeper than negro fetishism was involved.

Något mycket djupare än negerfetischism var inblandat.
Although ignorant, but their story was consistent.
Även om de var okunniga, var deras berättelse konsekvent.
The creatures all spoke of the same central idea.
Varelserna talade alla om samma centrala idé.
They certainly all shared the same loathsome faith.
De delade sannerligen alla samma avskyvärda tro.
They worshiped, so they said, the great old ones.
De dyrkade, sa de, de stora gamla.
The great old ones lived long before there were any men.
De stora gamla levde långt innan det fanns några människor.
And they came to the young world out of the sky.
Och de kom till den unga världen från himlen.
Those old ones were now gone, they explained.
De gamla var nu borta, förklarade de.
They were now inside the earth and under the sea.
De var nu inuti jorden och under havet.
But their dead bodies found ways to tell their secrets.
Men deras döda kroppar hittade sätt att avslöja sina
hemligheter.
They whispered into the dreams of the first men.
De viskade in i de första människornas drömmar.
And the first men formed a cult which has never died.
Och de första männen bildade en kult som aldrig har dött.

***

The cult had always existed, and always would exist.
Kulten hade alltid funnits, och skulle alltid finnas.
Their followers were hidden in wastes all over the world.
Deras anhängare var gömda i ödemarker över hela världen.
Their followers were in dark places explorers overlooked.
Deras anhängare befann sig på mörka platser som
upptäcktsresande förbisedde.
And they would remain hidden until they were called.
Och de skulle förbli gömda tills de blev kallade till sig.
When the great priest Cthulhu rises again to the surface.

När den store prästen Cthulhu återigen stiger upp till ytan.
When Cthulhu brings the earth again beneath his sway.
När Cthulhu återigen för jorden under sitt välde.
When Cthulhu leaves from his dark house in the mighty city of R'lyeh.
När Cthulhu lämnar sitt mörka hus i den mäktiga staden R'lyeh.
Some day he was going call, when the stars were ready.
En dag skulle han ringa, när stjärnorna var redo.
And the secret cult will always be waiting to liberate him.
Och den hemliga kulten kommer alltid att vänta på att befria honom.
Meanwhile, no more of his story must be told.
Under tiden får ingen mer av hans historia berättas.
There was a secret even torture could not extract.
Det fanns en hemlighet som inte ens tortyr kunde avslöja.
Mankind was not alone among the conscious things of earth.
Mänskligheten var inte ensam bland jordens medvetna varelser.
Because shapes came out of the dark to visit the faithful few.
För att skepnader kom fram ur mörkret för att besöka de få trogna.
But these were not the great old ones.
Men det här var inte de stora gamla.
No man had ever seen the great old ones.
Ingen människa hade någonsin sett de stora gamla.
The carven idol was of great Cthulhu.
Den snidade idolen var föreställande den store Cthulhu.
None could say whether the others were like him.
Ingen kunde säga om de andra var som honom.
No one could read the old writing now.
Ingen kunde läsa den gamla skriften nu.
Instead, things were told by word of mouth.
Istället berättades saker och ting muntligt.
The chanted ritual was not the secret.
Den reciterade ritualen var inte hemligheten.
The secret was never spoken aloud, only whispered.

Hemligheten talades aldrig högt, bara viskades.
The chant meant one thing, and one thing alone:
Ramsan betydde en sak, och endast en sak:
"In his house at R'lyeh dead Cthulhu waits dreaming."
"I sitt hus i R'lyeh väntar den döde Cthulhu och drömmer."
Only two of the prisoners were found sane enough to be hanged.
Endast två av fångarna befanns vara tillräckligt friska för att hängas.
The rest of them were committed to various institutions.
Resten av dem var anställd av olika institutioner.
All denied to have taken any part in the ritual murders.
Alla förnekade att ha deltagit i de rituella morden.
They said the killing had been done by something else.
De sa att mordet hade begåtts av något annat.
"The black-winged ones," the each insisted, separately.
"De svartvingade", insisterade var och en för sig.
They had come to them from their immemorial meeting-place.
De hade kommit till dem från deras urminnes mötesplats.
They had arisen out from the haunted woodlands.
De hade rest sig upp ur de hemsökta skogarna.
But the stories of mysterious allies were inconsistent.
Men berättelserna om mystiska allierade var inkonsekventa.

***

What the police did extract came mainly from one man.
Det polisen fick fram kom huvudsakligen från en man.
An immensely aged mestizo named Castro.
En oerhört åldrad mestizo vid namn Castro.
He claimed to have sailed to strange ports.
Han påstod sig ha seglat till främmande hamnar.
And he said he had been to the mountains of China.
Och han sa att han hade varit i Kinas berg.
There he talked with undying leaders of the cult.
Där samtalade han med kultens odödliga ledare.

Old Castro remembered bits of hideous legend.
Gamle Castro mindes bitar av hemska legender.
His legends paled the speculations of theosophists.
Hans legender bleknade teosofernas spekulationer.
His stories made man seem like a recent creation.
Hans berättelser fick människan att framstå som en ny
skapelse.
Even the world was transient in his account of things.
Till och med världen var förgänglig i hans redogörelse för
saker.
There had been eons when other Things ruled on the earth.
Det hade funnits eoner då andra ting styrde jorden.
And they had had great cities here on the earth.
Och de hade haft stora städer här på jorden.
The deathless Chinamen told him reserved secrets.
De odödliga kineserna berättade för honom förbehållna
hemligheter.
He had told him their ruins could still be found.
Han hade sagt att deras ruiner fortfarande kunde hittas.
There were still Cyclopean stones on islands in the Pacific.
Det fanns fortfarande cyklopiska stenar på öar i Stilla havet.
They all died vast epochs of time before man came.
De dog alla långa tidsperioder innan människan kom.
But there were knowledges and practices in ancients arts.
Men det fanns kunskaper och sedvänjor inom forntida
konster.
Special rituals which could revive them again, in time.
Speciella ritualer som skulle kunna återuppliva dem, med
tiden.
In the cycle of eternity their return was inevitable.
I evighetens cykel var deras återkomst oundviklig.
When the stars come round again to the right positions
När stjärnorna återigen återvänder till rätt positioner
They had, indeed themselves come from the stars.
De hade faktiskt själva kommit från stjärnorna.
"These great old ones," Castro continued.
"De här fantastiska gamla", fortsatte Castro.

They were not composed entirely of flesh and blood.
De bestod inte helt av kött och blod.
They had shape," Castro insisted, confidently.
"De hade form", insisterade Castro självsäkert.
And he had strange proof for what he believed.
Och han hade märkliga bevis för vad han trodde.
But the shape they took on was not made of matter.
Men den form de antog var inte gjord av materia.
When the stars were in their right positions.
När stjärnorna var i sina rätta positioner.
Then they could plunge from one world to another.
Sedan kunde de kasta sig från en värld till en annan.
Because they can move themselves through the sky.
För att de kan röra sig själva genom himlen.
But when the stars were wrong, they cannot live.
Men när stjärnorna hade fel, kan de inte leva.
And it is true that they no longer live like we do.
Och det är sant att de inte längre lever som vi gör.
But despite that, they never really die either.
Men trots det dör de aldrig riktigt heller.
They rest in stone houses in their great city of R'lyeh.
De vilar i stenhus i sin stora stad R'lyeh.
They are preserved by the spells of mighty Cthulhu.
De bevaras av den mäktige Cthulhus trollformler.
So there they lie, unaffected by the passing of time.
Så där ligger de, opåverkade av tidens gång.
And they wait for another glorious resurrection.
Och de väntar på ytterligare en härlig uppståndelse.
When the stars and earth are ready for them again.
När stjärnorna och jorden är redo för dem igen.
But they are still dependent on an outside force.
Men de är fortfarande beroende av en yttre kraft.
A force from outside served to liberate their bodies.
En kraft utifrån tjänade till att befria deras kroppar.
The spells preserved them and kept them intact.
Besvärjelserna bevarade dem och höll dem intakta.
But the spells also kept them from breaking free.

Men trollformlarna hindrade dem också från att bryta sig loss.
So they could only lie awake in the dark and think.
Så kunde de bara ligga vakna i mörkret och tänka.

***

In the meantime uncounted millions of years rolled by.
Under tiden rullade oräkneliga miljoner år förbi.
They knew all that was occurring in the universe.
De visste allt som hände i universum.
Because their mode of speech was transmitted thought.
Eftersom deras talsätt var överförd tanke.
Even now they were talking in their tombs.
Redan nu samtalade de i sina gravar.
Then, after infinities of chaos, the first men came.
Sedan, efter oändligheter av kaos, kom de första männen.
The great old ones spoke to the sensitive among them.
De stora gamla talade till de känsliga bland dem.
They spoke to them by molding their dreams.
De talade till dem genom att forma deras drömmar.
Only that way could their language reach the fleshly minds of mammals.
Endast på det sättet kunde deras språk nå däggdjurs köttsliga sinnen.
Then, whispered Castro, those first men formed the cult.
Sedan, viskade Castro, bildade de första männen kulten.
They organized themselves around small idols.
De organiserade sig kring små idoler.
The small idols which the great ones had shown them.
De små avgudarna som de stora hade visat dem.
Idols brought from dim eras from dark stars.
Avgudar hämtade från dunkla epoker från mörka stjärnor.
That cult would never die till the stars came right again.
Den kulten skulle aldrig dö förrän stjärnorna blev rätt igen.
The secret priests were going to take great Cthulhu from His tomb.

De hemliga prästerna skulle ta den store Cthulhu från hans
grav.
And they were going to revive His subjects.
Och de skulle återuppliva Hans undersåtar.
And then Cthulhu was going to resume His rule of earth.
Och sedan skulle Cthulhu återuppta sitt styre över jorden.
The right time was going to reveal itself quite clearly.
Rätt tidpunkt skulle visa sig ganska tydligt.
**At that time mankind will have become as the great old
ones.**
Vid den tiden kommer mänskligheten att ha blivit som de
stora gamla.
They will be free and wild and beyond good and evil.
De kommer att vara fria och vilda och bortom gott och ont.
Laws and morals are going to be thrown aside.
Lagar och moral kommer att läggas åt sidan.
All men will be shouting and killing and reveling in joy.
Alla män kommer att ropa och dräpa och frossa i glädje.
Then the liberated old ones will teach them the new ways.
Då kommer de befriade gamla att lära dem de nya vägarna.
New ways to shout and kill and revel and enjoy.
Nya sätt att skrika och döda och frossa och njuta.
**And all the earth will flame with a holocaust of ecstasy and
freedom.**
Och hela jorden kommer att brinna av ett förintelse av extas
och frihet.
Meanwhile the cult had to practice the appropriate rites.
Under tiden var kulten tvungen att utöva lämpliga riter.
They had to keep alive the memory of those ancient ways.
De var tvungna att hålla minnet av de forntida sederna vid liv.
And they had to shadow forth the prophecy of their return.
Och de var tvungna att skugga fram profetian om sin
återkomst.
**In the elder time chosen men spoke with the entombed Old
Ones.**
I den äldre tiden talade utvalda män med de begravda Gamla.
The entombed Old Ones spoke to them in their dreams.

De begravda Gamla talade till dem i deras drömmar.
But then something disturbed their means of communication.
Men sedan störde något deras kommunikationsvägar.
The great stone in the city R'lyeh had sunk beneath the waves.
Den stora stenen i staden R'lyeh hade sjunkit under vågorna.
And the monoliths and sepulchers were beneath the waters.
Och monoliterna och gravarna låg under vattnet.
Deep waters full of the one primal mystery.
Djupa vatten fulla av det enda ursprungliga mysteriet.
Waters through which not even thought can pass.
Vatten genom vilket inte ens tanken kan passera.
Water that cut off their spectral communication.
Vatten som avbröt deras spektrala kommunikation.
But the memory of the rites and rituals never died.
Men minnet av riterna och ritualerna dog aldrig.
And high priests said that the city would rise again.
Och översteprästerna sade att staden skulle återuppstå.
When the stars were right Cthulhu was going to return.
När stjärnorna stod rätt skulle Cthulhu återvända.
The moldy black spirits of the earth will come out again.
Jordens mögliga svarta andar kommer att komma fram igen.
Shadowy black spirits full of dim rumors.
Skuggiga svarta andar fulla av dunkla rykten.

***

The spirits collected in caverns beneath forgotten sea-bottoms.
Andarna samlades i grottor under bortglömda havsbottnar.
But of those spirits old Castro dared not speak much.
Men om dessa andar vågade den gamle Castro inte tala mycket.
And he hurriedly cut himself off from the topic.
Och han avbröt sig hastigt från ämnet.
No amount of persuasion could elicit more in this direction.

Ingen mängd övertalning skulle kunna framkalla mer i denna riktning.

No subtlety could convince him to speak of those spirits.

Ingen subtilitet kunde övertyga honom att tala om dessa andar.

The size of the old ones, too, he curiously declined to mention.

Även storleken på de gamla avstod han nyfiket från att nämna.

And of the cult he spoke very little too.

Och om kulten talade han också väldigt lite.

He thought the center lay amid the pathless deserts of Arabia.

Han trodde att centrum låg mitt bland Arabiens stiglösa öknar.

There in Irem, the City of Pillars, dreams hidden and untouched.

Där i Irem, Pelarnas stad, drömmar gömda och orörda.

This cult was not allied to the European witch-cult.

Denna kult var inte allierad med den europeiska häxkulten.

And the cult was virtually unknown beyond its members.

Och kulten var i praktiken okänd utöver sina medlemmar.

No book had ever really hinted of their knowledge.

Ingen bok hade någonsin egentligen antytt deras kunskap.

Though the deathless Chinamen said the mad Arab Abdul Alhazred came close.

Fast de odödliga kineserna sa att den galne araben Abdul Alhazred var nära.

He said that there were double meanings in his Necronomicon.

Han sa att det fanns dubbla betydelser i hans Necronomicon.

The initiated were free to read it if they wanted to.

De invigda fick läsa den om de ville.

And they should pay attention to one couplet in particular.

Och de bör vara särskilt uppmärksamma på en kuplett.

"That which is not dead can sleep for eternity,"

"Det som inte är dött kan sova i evighet."

"And with strange eons even death may die."
"Och med märkliga eoner kan även döden dö."
Legrasse had been deeply impressed by what he heard.
Legrasse hade blivit djupt imponerad av vad han hörde.
And he was not a little bewildered by the tale.
Och han blev inte det minsta förbryllad av berättelsen.
He inquired in vain about the historic affiliations of the cult.
Han frågade förgäves om kultens historiska tillhörigheter.
Castro, apparently, had told the truth about the oath of secrecy.
Castro hade tydligen berättat sanningen om tystnadseden.
The authorities at Tulane University could not offer much help either.
Myndigheterna vid Tulane University kunde inte heller erbjuda mycket hjälp.
The were not able to shed no light upon neither cult, nor the image.
De kunde inte kasta ljus över varken kulten eller bilden.
And now the detective had come to the highest authorities in the country.
Och nu hade detektiven kommit till de högsta myndigheterna i landet.
And he heard none other than Professor Webb' tale in Greenland.
Och han hörde ingen annan än professor Webbs berättelse på Grönland.

***

Legrasse's tale aroused feverish interest at the meeting.
Legrasses berättelse väckte febrilt intresse vid mötet.
The story was not only significant in its implications.
Berättelsen var inte bara betydelsefull i sina implikationer.
But the story was also corroborated by the statuette.
Men historien bekräftades också av statyetten.
The excitement echoed in the subsequent correspondence.
Spänningen ekade i den efterföljande korrespondensen.

Those who attended stayed in close contact with each other.
De som var med höll nära kontakt med varandra.
Although scant mention occurs in the formal publications.
Även om det knappast omnämns i de formella
publikationerna.
Caution is the first care of those accustomed to charlatanry.
Försiktighet är den första omsorgen för dem som är vana vid
charlataneri.
Impostures are kept out as much as it is possible.
Bedrägerier hålls borta så mycket som möjligt.
Legrasse for some time lent the image to Professor Webb.
Legrasse lånade under en tid ut bilden till professor Webb.
But at the latter's death the image was returned to him.
Men vid den senares död återlämnades bilden till honom.
And the image remains in Legrasse's possession.
Och bilden finns kvar i Legrasses ägo.
This is where I viewed the terrible image not long ago.
Det var här jag såg den hemska bilden för inte så länge sedan.
The image is unmistakably akin to Wilcox' dream-sculpture.
Bilden är otvetydigt besläktad med Wilcox drömskulptur.
It was no wonder my uncle was so excited by his tale.
Det var inte konstigt att min farbror blev så upphetsad av
hans berättelse.
And I'm not surprised he made the efforts he made.
Och jag är inte förvånad att han gjorde de ansträngningar han
gjorde.
He had heard everything Legrasse knew of the cult.
Han hade hört allt Legrasse visste om kulten.
And the strange cultish dreams of a sensitive young man.
Och de märkliga kultdrömmarna hos en känslig ung man.
The bas-relief just like the one from the swamp.
Basreliefen precis som den från träsket.
The addition of the devil tablet in Greenland.
Tillägget av djävulens tavla på Grönland.
The exact same words used in three remote occurrences.
Exakt samma ord som används i tre avlägsna händelser.

The Eskimo diabolists, the mongrels in Louisiana, and then Wilcox.

Eskimådjävulerna, blandraserna i Louisiana, och sedan Wilcox.

What other conclusion could one possibly have come to?

Vilken annan slutsats kunde man möjligen ha kommit fram till?

It's only natural Professor Angel pursued this conclusion.

Det är bara naturligt att professor Angel drog denna slutsats.

And I wouldn't have expected him to be less thorough.

Och jag hade inte förväntat mig att han skulle vara mindre noggrann.

My great-uncle was a man of principled academic rigor.

Min gammelfarbror var en man med principfast akademisk stringens.

Though privately I also had other plausible theories.

Även om jag privat hade andra rimliga teorier.

I suspected young Wilcox of having heard of the cult.

Jag misstänkte att unge Wilcox hade hört talas om kulten.

Maybe he had heard of the cult in some indirect way.

Kanske hade han hört talas om kulten på något indirekt sätt.

He could easily have invented a series of dreams.

Han kunde lätt ha uppfunnit en serie drömmar.

That way he could heighten and continue the mystery.

På så sätt kunde han fördjupa och fortsätta mysteriet.

The dream-narratives and cuttings collected did of course corroborate.

De insamlade drömberättelserna och urklippen bekräftade naturligtvis.

But the rationalism of my mind had not yet been satisfied.

Men mitt sinnes rationalism hade ännu inte tillfredsställts.

Coincidences can form highly believable illusions too.

Slumpigheter kan också skapa mycket trovärdiga illusioner.

And we have to bear in mind the extravagance of the whole subject.

Och vi måste komma ihåg hela ämnets extravagans.

So I was led to adopt what I thought the most sensible conclusions.
Så jag blev förledd att anta vad jag ansåg vara de mest förnuftiga slutsatserna.
I thoroughly studied the manuscript from the beginning.
Jag studerade manuskriptet noggrant från början.
And I correlated the theosophical and anthropological notes.
Och jag korrelerade de teosofiska och antropologiska anteckningarna.
I compared the literature with the cult narrative of Legrasse.
Jag jämförde litteraturen med Legrasses kultberättelse.
I made a trip to Providence to see the sculptor.
Jag gjorde en resa till Providence för att träffa skulptören.
And I intended to give him the rebuke I thought proper.
Och jag hade för avsikt att ge honom den tillrättavisning jag ansåg lämplig.
There must be consequences, I felt, for the trick he played.
Det måste bli konsekvenser, kände jag, för det trick han spelade.
He had boldly imposed himself upon a learned and aged man.
Han hade djärvt påtvingat sig en lärd och åldrad man.

***

Wilcox still lived alone where my uncle had met him.
Wilcox bodde fortfarande ensam där min farbror hade träffat honom.
In the Fleur-de-Lys Building in Thomas Street.
I Fleur-de-Lys-byggnaden på Thomasgatan.
A hideous Victorian imitation of Seventeenth Century Breton architecture.
En hemsk viktoriansk imitation av 1600-talets bretonska arkitektur.
The building flaunted its stuccoed front amidst its surroundings.

Byggnaden stoltserade med sin stuckerade fasad mitt bland omgivningarna.

There were lovely Colonial houses on the ancient hill.

Det fanns vackra kolonialhus på den gamla kullen.

And the house stood under the shadow of the finest Georgian steeple in America.

Och huset stod i skuggan av det finaste georgianska tornet i Amerika.

I found him at work in his rooms, among his sculptures.

Jag hittade honom vid arbete i hans rum, bland hans skulpturer.

The specimens scattered came from a very unique mind.

De utspridda exemplaren kom från ett mycket unikt sinne.

At once I conceded that his genius is indeed profound and authentic.

Genast medgav jag att hans genialitet verkligen är djupgående och autentisk.

He has crystallized in clay that which Arthur Machen evokes in prose.

Han har kristalliserat i lera det som Arthur Machen frammanar i prosa.

He mirrored in marble the nightmares Clark Ashton Smith put to canvas.

Han speglade i marmor de mardrömmar som Clark Ashton Smith avbildat på duk.

He will, I believe, be spoken of one day as one of the great decadents.

Han kommer, tror jag, en dag att omtalas som en av de stora dekadenterna.

He was dark, frail, and somewhat unkempt in aspect.

Han var mörk, skör och något ovårdad till utseendet.

He turned languidly at my knock on his door.

Han vände sig lojt om när jag knackade på hans dörr.

He didn't rise from his seat when I came in.

Han reste sig inte från sin plats när jag kom in.

And he asked me what the purpose of my visit was.

Och han frågade mig vad syftet med mitt besök var.

When I told him who I was his interest was piqued.
När jag berättade vem jag var väcktes hans intresse.
My uncle had excited his curiosity by probing his strange dreams.
Min farbror hade väckt hans nyfikenhet genom att utforska hans märkliga drömmar.
Although he had never explained the reason for the study.
Även om han aldrig hade förklarat anledningen till studien.
I did not enlarge his knowledge in this regard.
Jag utökade inte hans kunskaper i detta avseende.
But I sought with some subtlety to gain his confidence.
Men jag försökte med viss subtilitet vinna hans förtroende.
In a short time I became convinced of his absolute sincerity.
På kort tid blev jag övertygad om hans absoluta uppriktighet.
He spoke of the dreams in a manner none could mistake.
Han talade om drömmarna på ett sätt som ingen kunde missta sig i.
His dreams' subconscious residuum had influenced his art profoundly.
Hans drömmars undermedvetna rester hade påverkat hans konst djupt.
He showed me a morbid statue of the likes I had never seen before.
Han visade mig en morbid staty av en sådan jag aldrig sett förut.
The statue's contours almost made me shake with fear.
Statyns konturer fick mig nästan att skaka av skräck.
The potency of the statue's black suggestion was overbearing.
Styrkan i statyns svarta suggestion var överväldigande.
He could not recall having seen the original of this thing.
Han kunde inte minnas att han sett originalet av den här saken.
But the statue was inspired by his own dream bas-relief.
Men statyn var inspirerad av hans egen drömbasrelief.
The outlines had formed themselves insensibly under his hands.

Konturerna hade format sig omärkligt under hans händer.

It was, no doubt, the giant shape he had raved of in delirium.

Det var utan tvekan den jättelika skepnad han hade yrat om i delirium.

That he really knew nothing of the hidden cult he soon made clear.

Att han egentligen inte visste någonting om den dolda kulten klargjorde han snart.

Only my uncle's relentless catechism had given him some clues.

Endast min farbrors obevekliga katekes hade gett honom några ledtrådar,

And again I strove to explain the obvious conclusions away.

Och återigen försökte jag bortförklara de uppenbara slutsatserna.

How he could possibly have received the weird impressions?

Hur kunde han ha fått de där konstiga intrycken?

He talked of his dreams in a strangely poetic fashion.

Han talade om sina drömmar på ett märkligt poetiskt sätt.

He made me see with terrible vividness the vistas of his dream.

Han lät mig med fruktansvärd livlighet se vyerna från hans dröm.

The damp Cyclopean city of slimy green stone.

Den fuktiga cyklopiska staden av slemmig grön sten.

The geometry he oddly said, was all wrong.

Geometrin, som han konstigt nog sa, var helt fel.

And he spoke of what he heard with frightened expectancy.

Och han talade om vad han hörde med skrämd förväntan.

The ceaseless, half-mental calling from underground:

Det oupphörliga, halvt mentala ropet från underjorden:

"Cthulhu fhtagn... Cthulhu fhtagn"

"Cthulhu fhtagn... Cthulhu fhtagn"

These words had formed part of that dreaded ritual.

Dessa ord hade utgjort en del av den fruktade ritualen.

The ritual the told of dead Cthulhu's dream-vigil.
Ritualen berättades om den döde Cthulhus drömvaka.
The ritual that told of his stone vault at R'lyeh.
Ritualen som berättade om hans stenvalv i R'lyeh.
And I felt deeply moved, despite my rational beliefs.
Och jag kände mig djupt rörd, trots mina rationella
övertygelser.
Wilcox, I was sure, had heard of the cult in some casual way.
Jag var säker på att Wilcox hade hört talas om kulten på något
i förbigående sätt.
He spent his time in a mass of equally weird literature.
Han tillbringade sin tid i en mängd lika märklig litteratur.
He must have forgotten the source of his knowledge.
Han måste ha glömt källan till sin kunskap.
Later the cult had found subconscious expression in his dreams.
Senare hade kulten funnit undermedvetet uttryck i hans
drömmar.
But this is natural when stories are so impressive.
Men det är naturligt när berättelser är så imponerande.
Finally the cult's ideas manifested themselves in the bas-relief.
Slutligen manifesterade sig kultens idéer i basreliefen.
And now the subject of the cult manifested itself in the terrible statue.
Och nu manifesterade sig kultens ämne i den fruktansvärda
statyn.
I was convinced his imposture upon my uncle had been very innocent.
Jag var övertygad om att hans bedrägeri mot min farbror hade
varit mycket oskyldigt.
He both slightly affected, and slightly ill-mannered.
Han var både lätt påverkad och lätt ouppfostrad.
He had a disposition which I could never like.
Han hade ett temperament som jag aldrig skulle kunna gilla.
But I was willing enough now to admit his genius.
Men jag var nu villig nog att erkänna hans geni.

And I have no way of denying his honesty either.
Och jag har inget sätt att förneka hans ärlighet heller.
Despite my initial feelings, I took leave of him amicably.
Trots mina första känslor tog jag farväl av honom i vänskap.
And I wish him all the success his talent promises.
Och jag önskar honom all framgång som hans talang lovar.

***

The matter of the cult continued to fascinate me.
Frågan om kulten fortsatte att fascinera mig.
At times I had visions of the personal fame I could attain.
Ibland hade jag visioner om den personliga berömmelse jag
kunde uppnå.
I visited New Orleans and talked with Legrasse.
Jag besökte New Orleans och pratade med Legrasse.
And I spoke with other policemen of that swamp raid.
Och jag pratade med andra poliser om den där träskräden.
I saw the frightful image with my own eyes.
Jag såg den fruktansvärda bilden med mina egna ögon.
**And I even questioned some of the surviving mongrel
prisoners.**
Och jag förhörde till och med några av de överlevande
blandrasfångarna.
Old Castro, unfortunately, had been dead for some years.
Gamle Castro hade tyvärr varit död i några år.
**What I now heard so graphically at first hand excited me
afresh.**
Det jag nu hörde så målande från första hand upphetsade mig
på nytt.
Though it was really no more than a detailed confirmation.
Även om det egentligen inte var mer än en detaljerad
bekräftelse.
What they told me I had already read in my uncle's notes.
Det de berättade för mig hade jag redan läst i min farbrors
anteckningar.
I felt sure that I was on the track of a very real secret.

Jag var säker på att jag var på spåren mot en mycket verklig hemlighet.

And I was sure I was going to discover a very ancient religion.

Och jag var säker på att jag skulle upptäcka en mycket gammal religion.

The discovery would make me an anthropologist of note.

Upptäckten skulle göra mig till en framstående antropolog.

My attitude was still one of absolute rational materialism.

Min inställning var fortfarande en av absolut rationell materialism.

And I wish my attitude to the subject matter had not changed.

Och jag önskar att min inställning till ämnet inte hade förändrats.

I discounted with almost inexplicable perversity the coincidences.

Med nästan oförklarlig perversitet avfärdade jag sammanträffandena.

The dream notes and odd cuttings collected by Professor Angell.

Drömanteckningarna och udda urklippen som professor Angell samlat in.

One thing I began to doubt was the cause of my uncle's death.

En sak jag började tvivla på var orsaken till min farbrors död.

I began to suspect his death was far from natural.

Jag började misstänka att hans död var långt ifrån naturlig.

And I now fear I know my uncle's death was not natural.

Och jag är nu rädd att jag vet att min farbrors död inte var naturlig.

It was on a narrow hill street where he fell.

Det var på en smal kulle som han föll.

The street lead up from the ancient waterfront.

Gatan ledde upp från den antika vattnet.

The port-town swarms with foreign mongrels.

Hamnstaden vimlar av utländska blandraser.

He fell after a careless push from a negro sailor.

Han föll efter en vårdslös knuff från en svart sjöman.

I had not forgotten the mixed blood of the cult-members in Louisiana.

Jag hade inte glömt kultmedlemmarnas blandade blod i Louisiana.

I had not forgotten the sailors in the voodoo orgy.

Jag hade inte glömt sjömännen i voodoo-orgien.

And would not be surprised to learn that they had other knowledge too.

Och det skulle inte förvåna mig om de också hade annan kunskap.

Secret methods as anciently known as the cryptic rites.

Hemliga metoder så kallade kryptiska riter.

Poison needles as ruthless their demonic beliefs.

Giftnålar är lika hänsynslösa som deras demoniska övertygelser.

Legrasse and his men, it is true, have been let alone.

Legrasse och hans män har visserligen blivit lämnade ifred.

But in Norway a certain seaman who saw things is dead.

Men i Norge är en viss sjöman som såg saker död.

Might not sinister ears have picked up my uncle's interest in the sculptor?

Kan det inte vara olycksbådande öron som väckt min farbrors intresse för skulptören?

Might not the deeper inquiries of my uncle have drawn someone's attention?

Kunde inte min farbrors djupare frågor ha dragit någons uppmärksamhet till sig?

I think Professor Angell died because he knew too much.

Jag tror att professor Angell dog för att han visste för mycket.

Or he died because he was likely to learn too much.

Eller så dog han för att han troligen skulle lära sig för mycket.

Whether I shall go out as he did remains to be seen.

Om jag kommer att gå ut som han gjorde återstår att se.

Because I too have learned much about Cthulhu.

För jag har också lärt mig mycket om Cthulhu.

The Madness from the Sea
Galenskapen från havet

There is one great boon heaven could grant me.
Det finns en stor välsignelse som himlen kan ge mig.
The total effacing of the results of a mere chance.
Det totala utplånandet av resultaten av en ren slump.
I wish I had never seen that stray piece of paper.
Jag önskar att jag aldrig hade sett den där borta
papperslappen.
My daily routine would normally not have taken me there.
Min dagliga rutin skulle normalt sett inte ha fört mig dit.
On any other day I would not have noticed anything.
Vilken annan dag som helst skulle jag inte ha märkt
någonting.
It was an old number of an Australian journal.
Det var ett gammalt nummer av en australisk tidskrift.
The Sydney Bulletin for April 18, 1925
Sydney Bulletin för 18 april 1925
The paper had even slipped past the cutting bureau.
Tidningen hade till och med smugit sig förbi klippbyrån.
I had largely given over my inquiries to a friend.
Jag hade till stor del överlåtit mina frågor till en vän.
He had taken on the work of most of the research.
Han hade tagit på sig arbetet med det mesta av forskningen.
He had come to refer to the group as the "Cthulhu Cult".
Han hade kommit att referera till gruppen som "Cthulhu-
kulten".
I was visiting my learned friend of Paterson, New Jersey.
Jag besökte min lärde vän i Paterson, New Jersey.
The curator of a local museum, and a mineralogist of note.
Intendent för ett lokalt museum och en framstående
mineralog.
While at his museum I had access to the reserved specimens.
Medan jag var på hans museum hade jag tillgång till de
reserverade exemplaren.
And this is when an odd picture caught my attention.

Och det var då en udda bild fångade min uppmärksamhet.
Beneath one of the stones was the Sydney Bulletin I mentioned.
Under en av stenarna låg Sydney Bulletin som jag nämnde.
My friend has wide affiliations in all conceivable foreign lands.
Min vän har breda anknytningar i alla tänkbara främmande länder.
The picture was a half-tone cut of a hideous stone image.
Bilden var ett halvtonssnitt av en hemsk stenbild.
Almost identical with the stone Legrasse had found in the swamp.
Nästan identisk med stenen Legrasse hade hittat i träsket.
Eagerly I read the article for its precious contents.
Jag läste ivrigt artikeln för dess värdefulla innehåll.
But I was disappointed to find that it was just a short article.
Men jag blev besviken över att det bara var en kort artikel.
Although brief, the information was of portentous significance.
Även om informationen var kortfattad, var den av stor betydelse.

***

"MYSTERY DERELICT FOUND AT SEA"
"MYSTERISKT FÖRSVUNNET GÅNG FUNNET TILL SJÖS"

Vigilant Arrives With Helpless Armed New Zealand Yacht in Tow.
Vaksamhet anländer med hjälplös beväpnad nyzeeländsk yacht i släptåg.
One Survivor and one Dead Man Found Aboard.
En överlevande och en död man funna ombord.
Tale of Desperate Battle and Deaths at Sea.
Berättelse om desperat strid och dödsfall till sjöss.
Rescued Seaman Refuses Particulars of Strange Experience.

Räddad sjöman vägrar att avslöja detaljer om märklig upplevelse.

Odd Idol Found in His Possession, Inquiry to Follow.

En udda avgud funnen i hans ägo, förfrågan följer.

The Alert of Dunedin yacht, N.Z., had been disabled in battle.

Dunedin-yachten Alert, Nya Zeeland, hade blivit oanvändbar i strid.

Previously the ship had left from Valparaiso on March 25th.

Tidigare hade fartyget avgått från Valparaiso den 25 mars.

On April 2nd the ship was driven considerably south of her course.

Den 2 april drevs fartyget avsevärt söderut om sin kurs.

Exceptionally heavy storms had redirected the ship.

Exceptionellt kraftiga stormar hade fått fartyget att vända om.

Monster waves forced the ship to take a different route.

Monstervågor tvingade skeppet att ta en annan rutt.

On April 12th the ship was sighted by another ship.

Den 12 april siktades fartyget av ett annat fartyg.

Latitude 34° 21', Longitude 152° 17'

Latitud 34° 21', Longitud 152° 17'

Initially they thought the ship had been deserted.

Ursprungligen trodde de att fartyget hade varit övergivet.

But one still living man had been found on board.

Men en fortfarande levande man hade hittats ombord.

This lone survivor was in a half-delirious condition.

Denna enda överlevande var i ett halvt delirium.

The only other victim found was a man already dead a week.

Det enda andra offret som hittades var en man som redan var död för en vecka sedan.

Now the heavily armed steam yacht was being towed.

Nu bogserades den tungt beväpnade ångyachten.

And this morning the ship was coming in to its wharf.

Och i morse kom fartyget in till sin kaj.

The living man was clutching a horrible stone idol.

Den levande mannen höll fast vid en hemsk stenbild.

The stone idol was about a foot in height.

Stenbilden var ungefär en fot hög.
And the origins of the stone were completely unknown.
Och stenens ursprung var helt okänt.
Authorities at Sydney university were baffled.
Myndigheterna vid Sydneys universitet var förbryllade.
The Royal Society couldn't offer information about the idol.
Royal Society kunde inte erbjuda information om idolen.
And the Museum in College street had no insights either.
Och museet på College Street hade inte heller några insikter.
The survivor says he found the stone in the cabin of the yacht.
Den överlevande säger att han hittade stenen i yachtens hytt.
Allegedly the idol was in a small carved shrine.
Påstås ha idolen funnits i ett litet snidat helgedom.
And the carvings of the shrine were of common pattern.
Och ristningarna i helgedomen hade ett vanligt mönster.
This man eventually recovered back to his senses.
Den här mannen återfick så småningom sansningen.
And he told an exceedingly strange story of piracy and slaughter.
Och han berättade en ytterst märklig historia om sjöröveri och blodbad.
He is Gustaf Johansen, a Norwegian of some intelligence.
Han är Gustaf Johansen, en norrman med en viss intelligens.
And he had been second mate of the two-masted schooner Emma of Auckland.
Och han hade varit andre styrman på den tvåmastade skonaren Emma från Auckland.
The ship sailed for Callao February 20th, manned by eleven sailors.
Fartyget avseglade till Callao den 20 februari, bemannat med elva sjömän.
The ship, he says, was delayed and thrown widely south of her course.
Fartyget, säger han, var försenat och kastades brett söder om sin kurs.
There was a great storm on March 1st, and on March 22nd.

Det var en kraftig storm den 1 mars och den 22 mars.

On their journey they encountered another ship.

På sin resa stötte de på ett annat skepp.

This was in S. Latitude 49° 51′, W. Longitude 128° 34′

Detta var på sydlig latitud 49° 51′, västlig longitud 128° 34′

This ship was manned by a queer and evil-looking crew.

Detta skepp bemannades av en konstig och elakt utseende besättning.

All the men were of Kanakas and half-castes.

Alla män var av kanakas och halvkast.

Being ordered peremptorily to turn back, Capt. Collins refused.

Kapten Collins vägrade, men fick bestämt order om att vända tillbaka.

Without warning the strange crew began to shoot savagely upon the schooner.

Utan förvarning började den främmande besättningen brutalt skjuta på skonaren.

They shot a peculiarly heavy battery of brass cannon.

De avfyrade ett säreget tungt batteri av mässingskanoner.

The men from his ship showed fighting spirit, says the survivor.

Männen från hans skepp visade kämparanda, säger den överlevande.

The schooner began to sink from shots beneath the waterline.

Skonaren började sjunka av skott under vattenlinjen.

But they managed to heave alongside their enemy boat, and board her.

Men de lyckades ta sig intill sin fiendebåt och gå ombord på henne.

They grappled with the savage crew on the yacht's deck.

De brottades med den vilda besättningen på yachtens däck.

Their mode of fighting seemed to be strangely clumsy.

Deras sätt att slåss verkade märkligt klumpigt.

But defeat did not seem to be an option for these savage men.

Men nederlag verkade inte vara ett alternativ för dessa vilda män.

They had a particularly abhorrent and desperate way of fighting.

De hade ett särskilt avskyvärt och desperat sätt att slåss.

So they had no choice but to kill all men of the enemy ship.

Så de hade inget annat val än att döda alla män på fiendens skepp.

Three of their men were also killed in the fight.

Tre av deras män dödades också i striden.

Capt. Collins and First Mate Green were among the dead.

Kapten Collins och styrman Green var bland de döda.

Second Mate Johansen took over control from First Mate Green.

Andre styrman Johansen tog över kontrollen från förste styrman Green.

And the remaining eight men proceeded to navigate the captured yacht.

Och de återstående åtta männen fortsatte att navigera den erövrade yachten.

They proceeded to continue in the original direction they were going.

De fortsatte att gå i den ursprungliga riktningen de var på väg.

To see if there had been any reason they were ordered to turn around.

För att se om det hade funnits någon anledning till att de beordrades att vända.

***

The next day, it appears, they landed on a small island.

Nästa dag, verkar det som, landsteg de på en liten ö.

Although no island is known to exist in that part of the ocean.

Även om ingen ö är känd för att existera i den delen av havet.

Six of the men somehow died ashore while on the island.

Sex av männen dog på något sätt i land medan de var på ön.

Though Johansen is queerly reticent about this part of his story.

Även om Johansen är märkligt tystlåten om denna del av sin berättelse.

And he speaks only of their falling into a rock chasm.

Och han talar bara om att de faller ner i en klippavgrund.

Later, it seems, he and one companion boarded the yacht.

Senare, verkar det som, gick han och en sällskap ombord på yachten.

Together they tried to sail the ship, undermanned.

Tillsammans försökte de segla skeppet, underbemannade.

But they were beaten about by the storm of April 2nd.

Men de blev omkullkastade av stormen den 2 april.

From that time till his rescue on the 12th, the man remembers little.

Från den tiden till sin räddning den 12:e minns mannen föga.

And he does not even recall when William Briden, his companion, died.

Och han minns inte ens när William Briden, hans följeslagare, dog.

Autopsy could reveal no obvious cause to Briden's death.

Obduktionen kunde inte avslöja någon uppenbar orsak till Bridens död.

The most likely cause of death is exposure to the elements.

Den mest sannolika dödsorsaken är exponering för elementen.

The Dunedin reported that their boat, the Alert, was well known.

Dunedin rapporterade att deras båt, Alert, var välkänd.

The island traders bore an evil reputation along the waterfront.

Öns handlare hade ett ont rykte längs vattnet.

The ship was owned by a curious group of half-castes.

Skeppet ägdes av en märklig grupp halvkastare.

Frequent meetings and night trips to the woods attracted curiosity.

Täta möten och nattliga utflykter till skogen väckte nyfikenhet.

The ship had set sail in great haste on March 1st.

Fartyget hade avseglat i stor hast den 1 mars.

Just after the storm, and the earth tremors that night.

Strax efter stormen och jordskalven den natten.

Our Auckland correspondent gives the Emma excellent reputation.

Vår korrespondent i Auckland ger Emma ett utmärkt rykte.

The Crew from the Emma were held very in high regard.

Besättningen från Emma hölls mycket högt ansedd.

And Johansen is described as a sober and worthy man.

Och Johansen beskrivs som en nykter och värdig man.

The admiralty will institute an inquiry on the whole matter.

Amiralitetet kommer att inleda en utredning av hela ärendet.

Starting tomorrow they will collect all relevant information.

Från och med imorgon kommer de att samla in all relevant information.

Every effort will be made to induce Johansen to speak.

Vi kommer att göra allt för att få Johansen att tala.

This and the hellish image were all the information I had to go on.

Detta och den helvetiska bilden var all information jag hade att gå utifrån.

But what a train of ideas that little information started in my mind!

Men vilket idétåg den lilla informationen satte igång i mitt huvud!

Here were new treasuries of data on the Cthulhu Cult.

Här fanns nya skattkammare av data om Cthulhukulten.

The cult not only had interests on land.

Kulten hade inte bara intressen i land.

Now there was evidence they also had connections to the sea.

Nu fanns det bevis för att de också hade kopplingar till havet.

What motive prompted the hybrid crew to order back the Emma?

Vilket motiv fick hybridbesättningen att beställa tillbaka
Emma?
Why did they sail about with their hideous idol?
Varför seglade de omkring med sin hemska avgud?
**What was the unknown island on which six of the Emma's
crew had died?**
Vilken var den okända ön där sex av Emmas
besättningsmedlemmar hade omkommit?
And why was Johansen so secretive about their death?
Och varför var Johansen så hemlighetsfull om deras död?
What had the vice-admiralty's investigation brought out?
Vad hade viceamiralitetets utredning gett fram?
And what was known of the noxious cult in Dunedin?
Och vad var känt om den skadliga kulten i Dunedin?
Nor could one help but marvel at the timing of the events.
Inte heller kunde man låta bli att förundras över händelsernas
tidpunkt.
**There was a deep and more than natural linkage between
the dates.**
Det fanns ett djupt och mer än naturligt samband mellan
datumen.
**A malign and now undeniable significance to the various
turns of events.**
En illvillig och nu obestridlig betydelse för händelsernas olika
vändningar.

***

My uncle had noted with great care the connecting events.
Min farbror hade med stor noggrannhet noterat de
sammanhängande händelserna.
On March 1st the earthquake and storm had come.
Den 1 mars kom jordbävningen och stormen.
February 28th, according to the International Date Line.
28 februari, enligt den internationella datumlinjen.
**From Dunedin the noisome crew of the Alert darted eagerly
forth.**

Från Dunedin rusade den bullriga besättningen på Alert ivrigt fram.

They moved as if they had been imperiously summoned.

De rörde sig som om de hade blivit befallande kallade.

On the other side of the earth the other events unfolded.

På andra sidan jorden utspelade sig de andra händelserna.

Poets and artists had begun to have their strange dreams.

Poeter och konstnärer hade börjat ha sina märkliga drömmar.

Dreams of a dank Cyclopean city from times long gone.

Drömmar om en fuktig kyklopeisk stad från svunna tider.

A young sculptor was persuaded by these dreams too.

Även en ung skulptör övertalades av dessa drömmar.

In his sleep he molded the form of the dreaded Cthulhu.

I sömnen formade han den fruktade Cthulhus skepnad.

On March 23rd the crew of the Emma landed on an unknown island.

Den 23 mars landsteg besättningen på Emma på en okänd ö.

There on that island they left six men dead.

Där på den ön lämnade de sex män döda.

On that date the dreams of sensitive men assumed a heightened vividness.

Den dagen antog känsliga mäns drömmar en ökad livlighet.

Their dreams darkened with dread of a giant monster's malign pursuit.

Deras drömmar förmörkades av fruktan för ett jättemonsters ondskefulla förföljelse.

One architect went mad from his dreams that night.

En arkitekt blev galen av sina drömmar den natten.

And a sculptor had lapsed suddenly into delirium!

Och en skulptör hade plötsligt fallit i delirium!

And then there was the storm of April 2nd.

Och så var det stormen den 2 april.

The date on which all dreams of the dank city ceased.

Datumet då alla drömmar om den fuktiga staden upphörde.

Wilcox emerged unharmed from the bondage of strange fever.

Wilcox klarade sig oskadd ur den märkliga feberns fångenskap.

And everything appeared to be normal again.

Och allt verkade vara normalt igen.

But what about the hints old Castro had suggested?

Men hur var det med de antydningar som gamle Castro hade gett?

What about the sunken, star-born old ones?

Hur är det med de sjunkna, stjärnfödda gamla?

What about their promised return and coming reign?

Hur är det med deras utlovade återkomst och kommande regeringstid?

What about their faithful cult and their mastery of dreams?

Hur är det med deras trogna kult och deras behärskning av drömmar?

Was I tottering on the brink of cosmic horrors?

Vacklade jag på gränsen till kosmisk fasa?

Cosmic horrors far beyond man's power to bear?

Kosmiska fasor långt bortom människans förmåga att uthärda?

If so, they must be horrors of the mind alone.

Om så är fallet, måste de vara enbart sinnets fasor.

On the second of April there was sudden coordinated calm.

Den andra april uppstod plötsligt ett koordinerat lugn.

The monstrous menace that sieged mankind's soul had vanished.

Det monstruösa hotet som belägrade mänsklighetens själ hade försvunnit.

That evening I made all necessary arrangements for onwards travel.

Den kvällen gjorde jag alla nödvändiga arrangemang för den fortsatta resan.

I bade my host adieu and took a train for San Francisco.

Jag tog adjö av min värd och tog ett tåg till San Francisco.

***

In less than a month I was at the port of Dunedin.
På mindre än en månad var jag i hamnen i Dunedin.
Here, however, my investigation stumbled slightly.
Här vacklade dock min undersökning något.
**I inquired in the old sea taverns where the men had
lingered.**
Jag frågade i de gamla sjökrogarna var männen hade
uppehållit sig.
But little was known of the strange cult members.
Men lite var känt om de märkliga kultmedlemmarna.
Waterfront scum was far too common for special mention.
Avskum vid vattnet var alldeles för vanligt för att nämnas
särskilt.
**But there was vague talk about one inland trip these
mongrels had made.**
Men det talades vagt om en resa inåt landet som dessa
blandraser hade gjort.
**Faint drumming and red flames were noted on the distant
hills.**
Svaga trummande och röda lågor noterades på de avlägsna
kullarna.
In Auckland I learned only a little more of Johansen.
I Auckland lärde jag mig bara lite mer om Johansen.
He had been taken to Sydney for the investigation.
Han hade förts till Sydney för utredning.
**A perfunctory and inconclusive questioning turned his hair
white.**
Ett ytligt och ofullständigt frågesport gjorde hans hår vitt.
Thereafter he sold his cottage in West Street.
Därefter sålde han sin stuga på West Street.
And he sailed with his wife to his old home in Oslo.
Och han seglade med sin fru till sitt gamla hem i Oslo.
His experience had clearly stirred him deeply.
Hans upplevelse hade uppenbarligen berört honom djupt.
**But he told his friends no more than he had told the
admiralty officials.**

Men han berättade inte mer för sina vänner än han hade sagt
till amiralitetets tjänstemän.

And all they could do was to give me his Oslo address.

Och allt de kunde göra var att ge mig hans Oslo-adress.

**After that I went to Sydney and talked profitlessly with
seamen.**

Efter det åkte jag till Sydney och pratade förgäves med
sjömän.

**Members of the vice-admiralty court could not enlighten me
either.**

Ledamöterna av viceamiralitetsdomstolen kunde inte heller
upplysa mig.

I tracked the Alert down to Circular Quay in Sydney Cove.

Jag spårade larmet ner till Circular Quay i Sydney Cove.

The ship had been sold and was again in commercial use.

Fartyget hade sålts och var återigen i kommersiellt bruk.

But I could gain no further clues from the ship's cargo.

Men jag kunde inte få några ytterligare ledtrådar från
fartygets last.

The image was preserved in the Museum at Hyde Park.

Bilden bevarades på museet i Hyde Park.

The cuttlefish head, dragon body, and scaly wings.

Bläckfiskens huvud, drakekropp och fjälliga vingar.

The monster crouching atop the hieroglyphed pedestal.

Monstret som hukar sig ovanpå den hieroglyfiska piedestalen.

I studied every detail of the idol long and well.

Jag studerade varje detalj av idolen länge och noggrant.

The relic was a thing of balefully exquisite workmanship.

Reliken var ett föremål av förfärligt utsökt hantverk.

**I couldn't help but notice the similarity to Legrasse's smaller
specimen.**

Jag kunde inte låta bli att lägga märke till likheten med
Legrasses mindre exemplar.

Both idols had the same utter mystery and terrible antiquity.

Båda avgudarna hade samma fullständiga mystik och
fruktansvärda ålderdom.

And both idols had the same unearthly strangeness of material.

Och båda avgudarna hade samma övernaturliga säregenhet i materialet.

Geologists, the curator told me, had found it a monstrous puzzle.

Geologer, berättade intendenten för mig, hade tyckt att det var ett monstruöst pussel.

They insisted that the world held no rock like this one.

De insisterade på att världen inte innehöll någon sten som denna.

Then I thought with a shudder of what old Castro had told Legrasse.

Sedan tänkte jag med en rysning på vad gamle Castro hade sagt till Legrasse.

The tale of the primal great ones, sunken under the sea.

Berättelsen om de ursprungliga stora, sjunkna under havet.

"They had come from the stars."

"De hade kommit från stjärnorna."

"They had brought their images with them."

"De hade med sig sina bilder."

I was shaken with a mental revolution as I had never before known.

Jag skakades av en mental revolution som jag aldrig tidigare upplevt.

I was now completely resolved to visit Mate Johansen in Oslo.

Jag var nu helt fast besluten att besöka Mate Johansen i Oslo.

Sailing for London, I re-embarked at once for the Norwegian capital.

Jag seglade till London och återvände genast till den norska huvudstaden.

And one autumn day I landed at the wharves.

Och en höstdag landsteg jag vid kajerna.

***

Johansen's hometown was in the shadow of the Egeberg.

Johansens hemstad låg i skuggan av Egeberg.

I discovered he lived in the Old Town of King Harold Haardrada.

Jag upptäckte att han bodde i kung Harald Haarrådas gamla stad.

For centuries the greater city had masqueraded as "Christiania".

I århundraden hade den större staden maskerat sig som "Christiania".

King Harald Hardrada kept alive the name of Oslo.

Kung Harald Hårdråde höll namnet Oslo vid liv.

I made the brief trip to his residences by taxicab.

Jag gjorde den korta resan till hans bostad med taxi.

A neat and ancient building with plastered front.

En prydlig och gammal byggnad med putsad fasad.

And I knocked with palpitant heart at the door.

Och jag knackade på dörren med bultande hjärta.

A sad-faced woman in black answered my summons.

En ledsen kvinna i svart svarade på min kallelse.

I was stung with disappointment at the sight.

Jag kände mig helt mållös av besvikelse vid synen.

She told me in halting English that Gustaf Johansen was no more.

Hon berättade för mig på hakande engelska att Gustaf Johansen inte var mer.

He had not long survived his return, said his wife.

Han hade inte överlevt sin återkomst länge, sade hans fru.

The doings at sea in 1925 had broken him.

Handlingarna till sjöss 1925 hade knäckt honom.

He had told her no more than he had told the public.

Han hade inte berättat mer för henne än han hade berättat för allmänheten.

But he had left a long manuscript of "technical matters".

Men han hade lämnat ett långt manuskript med "tekniska frågor".

These notes of the voyage had been written in English.

Dessa anteckningar från resan hade skrivits på engelska.
Evidently in order to safeguard her from the peril of casual perusal.
Tydligen för att skydda henne från faran med nonchalant granskning.
He had gone for a walk through a narrow lane near the Gothenburg dock.
Han hade gått en promenad genom en smal gränd nära Göteborgs hamn.
A bundle of papers falling from an attic window had knocked him down.
En bunt papper som föll från ett vindsfönster hade slagit omkull honom.
Two Lascar sailors at once helped him to his feet.
Två Lascar-seglare hjälpte honom genast upp på fötter.
But before the ambulance could reach him he was dead.
Men innan ambulansen hann nå honom var han död.
The physicians found no adequate cause for his death.
Läkarna fann ingen tillräcklig orsak till hans död.
They mostly attributed his death to heart trouble.
De tillskrev mestadels hans död till hjärtproblem.
But they added his weakened constitution most likely contributed.
Men de tillade att hans försvagade konstitution troligen bidrog.
I now felt a deep gnawing at my vitals.
Nu kände jag ett djupt gnagan i mina vitala organ.
A dark terror which will never leave me till I, too, am at rest.
En mörk skräck som aldrig lämnar mig förrän jag också finner ro.
Whether my death will come "accidentally" or not I can't tell.
Huruvida min död kommer "av en slump" eller inte kan jag inte säga.
I spoke to the widow about her husband's work.
Jag pratade med änkan om hennes mans arbete.
And I persuaded her I had a "technical" connection to him.

Och jag övertygade henne om att jag hade en "teknisk"
koppling till honom.
So she felt I was sufficiently entitled to the manuscript.
Så hon ansåg att jag hade tillräcklig rätt till manuskriptet.
And so I attained the dead man's writing.
Och så uppnådde jag den döde mannens skrift.
I began to read the documents on the boat to London.
Jag började läsa dokumenten på båten till London.
They were little more than simple, rambling notes.
De var inte mycket mer än enkla, osammanhängande
anteckningar.
A naive sailor's effort at a post-facto diary.
En naiv sjömans försök till en post facto-dagbok.
He strove to recall that last awful voyage day by day.
Han strävade efter att dag för dag minnas den sista hemska
resan.
I cannot attempt to transcribe his notes verbatim.
Jag kan inte försöka skriva ner hans anteckningar ordagrant.
The manuscript is clouded with vagueness and redundance.
Manuskriptet är grumlat av vaghet och redundans.
But I will tell the gist of what he wrote.
Men jag ska berätta huvuddragen i vad han skrev.
**Perhaps then you will understand why I stuffed my ears
with cotton.**
Kanske då förstår du varför jag stoppade mina öron med
bomull.
**The sound of the water against the vessel's sides became
unendurable.**
Ljudet av vattnet mot fartygets sidor blev outhärdligt.

***

Johansen, thank God, did not quite know what he had seen.
Johansen, tack och lov, visste inte riktigt vad han hade sett.
But it is evident he had seen the city and the Thing.
Men det är uppenbart att han hade sett staden och Tingen.
I shall never sleep calmly again when I think of the horrors.

Jag kommer aldrig att sova lugnt igen när jag tänker på
fasorna.
**The horrors that lurk ceaselessly behind life in time and
space.**
De fasor som oavbrutet lurar bakom livet i tid och rum.
Those unhallowed blasphemies that come from elder stars.
De oheliga hädelserna som kommer från äldre stjärnor.
Dreamers beneath the sea known only by a nightmare cult.
Drömmare under havet endast kända av en mardrömskult.
**A cult ready and eager to release these monsters into the
world.**
En kult redo och ivrig att släppa lös dessa monster i världen.
**Whenever another earthquake raises their monstrous stone
city again.**
Närhelst en ny jordbävning reser sig deras monstruösa
stenstad igen.
When Cthulhu is under the light of the sun once more.
När Cthulhu återigen är i solens ljus.
**Johansen's voyage had begun just as he told it to the vice-
admiralty.**
Johansens resa hade börjat precis som han berättat den för
viceamiralitetet.
**The Emma, in ballast, had cleared Auckland on February
20th.**
Emma, i barlast, hade passerat Auckland den 20 februari.
**The ship had felt the full force of that earthquake-born
tempest.**
Fartyget hade känt den fulla kraften av den
jordbävningsfödda stormen.
The horrors from the sea-bottom that filled men's dreams.
Fasorna från havsbotten som uppfyllde mäns drömmar.
**Once under control again the ship was making good
progress.**
Väl under kontroll igen gjorde fartyget goda framsteg.
But then the ship was held up by the Alert on March 22nd.
Men sedan stoppades fartyget av Alert den 22 mars.

I could feel the mate's regret as he wrote of her
bombardment and sinking.

Jag kunde känna styrmannens ånger när han skrev om hennes
bombardemang och förlisning.

Of the swarthy cult-fiends on the other boat he speaks with
horror.

Om de mörkhudade kultfantasterna på den andra båten talar
han med fasa.

There was some peculiarly abominable quality about them.

Det fanns någon säregent avskyvärd egenskap hos dem.

Something made their destruction seem almost a duty.

Något fick deras förgörelse att nästan verka som en plikt.

This point was brought up during the proceedings of the
court of inquiry.

Denna fråga togs upp under förhandlingarna i
utredningsdomstolen.

Johansen shows ingenuous wonder at the accusation of
ruthlessness.

Johansen visar uppenbar förundran över anklagelsen om
hänsynslöshet.

Curiosity is what drove the men on in their captured yacht.

Nyfikenhet var det som drev männen vidare i sin kapade
yacht.

Sticking out of the sea the men sighted a great stone pillar.

När männen stack upp ur havet fick de syn på en stor
stenpelare.

In South Latitude 47° 9', West Longitude 126° 43' they come
upon a coastline.

På sydlig latitud 47° 9', västlig longitud 126° 43' stöter de på en
kustlinje.

The coastline was of mingled mud, ooze, and weedy
Cyclopean masonry.

Kustlinjen bestod av en blandad lera, slam och ogräsigt
kykopiskt murverk.

Nothing less than the tangible substance of earth's supreme
terror.

Inget mindre än den påtagliga substansen av jordens högsta
skräck.
They had come across the nightmare corpse-city of R'lyeh.
De hade stött på den mardrömslika likstaden R'lyeh.
A city built in measureless eons behind history.
En stad byggd oändligt länge bakom historien.
**Monuments to vast loathsome shapes that seeped down
from the dark stars.**
Monument över väldiga, motbjudande skepnader som
sipprade ner från de mörka stjärnorna.
**There lay great Cthulhu and his hordes for incalculable
cycles.**
Där låg den store Cthulhu och hans horder i oöverskådliga
cykler.
Hidden in green slimy vaults, they sent out their thoughts.
Gömda i gröna, slemmiga valv sände de ut sina tankar.
The thoughts that spread fear to the dreams of the sensitive.
Tankarna som sprider rädsla i de känsligas drömmar.
The thoughts that called imperiously to the faithful.
Tankarna som bestämt kallade till de troende.
"Come on a pilgrimage of liberation and restoration."
"Kom på en pilgrimsfärd av befrielse och återupprättelse."
All this horror Johansen had no way of suspecting.
All denna fasa hade Johansen ingen möjlighet att ana.
But God knows he had soon seen enough!
Men Gud vet att han snart hade sett nog!
I suppose what they saw was only a single mountain-top.
Jag antar att det de såg bara var en enda bergstopp.
Soon the rest of the city emerged from the waters.
Snart dök resten av staden upp ur vattnet.
**The hideous monolith-crowned citadel where great Cthulhu
was buried.**
Den hemska monolitkrönta citadellen där den store Cthulhu
begravdes.
I shudder to think of all that may be brooding down there.
Jag ryser vid tanken på allt som kan ruva där nere.
And I almost wish to kill myself to stop these thoughts.

Och jag skulle nästan vilja ta livet av mig för att få slut på de tankarna.

***

Johansen and his men were awed by the cosmic majesty.
Johansen och hans män häpnade över den kosmiska majestäten.
They beheld the sight of this dripping Babylon of elder demons.
De skådade synen av detta drypande Babylon av äldre demoner.
They must have guessed without guidance what it was they saw.
De måste ha gissat utan vägledning vad det var de såg.
What they saw was nothing of this or of any sane planet.
Vad de såg var ingenting av detta eller av någon sund planet.
The unbelievable size of the greenish stone blocks.
Den otroliga storleken på de grönaktiga stenblocken.
The dizzying height of the great carven monolith.
Den svindlande höjden av den stora snidade monoliten.
And then there was the bas-reliefs found on the captured ship.
Och sedan fanns det basrelieferna som hittades på det erövrade skeppet.
The colossal statues mirrored the scene on the carvings.
De kolossala statyerna speglade scenen på ristningarna.
Johansen achieved something very close to futurism.
Johansen åstadkom något som var mycket nära futurismen.
Because he did not describe any definite structure or building.
Eftersom han inte beskrev någon bestämd struktur eller byggnad.
He dwelled on the broad impressions of vast angles and stone surfaces.
Han uppehöll sig vid de breda intrycken av vidsträckta vinklar och stenytor.

Surfaces too great to belong to anything right or proper for this earth.

Ytor för stora för att tillhöra något som är rätt eller lämpligt för denna jord.

Surfaces impious with horrible images and hieroglyphs.

Ytor ogudaktiga med hemska bilder och hieroglyfer.

There is a reason I mention his talk about angles.

Det finns en anledning till att jag nämner hans prat om vinklar.

It reminds me of something Wilcox had told me of his awful dreams.

Det påminner mig om något Wilcox hade berättat för mig om sina hemska drömmar.

He had said that the geometry of the dream-place he saw was abnormal.

Han hade sagt att geometrin hos den drömplats han såg var onormal.

Non-Euclidean spheres unlike anything here on earth.

Icke-euklidiska sfärer olik allt annat här på jorden.

Loathsomely redolent dimensions completely unlike ours.

Avskyvärt doftande dimensioner helt olika våra.

Now a seaman was describing the exact same thing.

Nu beskrev en sjöman exakt samma sak.

They bad both had the same terrible glimpse of this reality.

De hade båda fått samma hemska glimt av denna verklighet.

Johansen and his men landed at a sloping mud-bank.

Johansen och hans män landsteg vid en sluttande lervall.

And they looked up at this monstrous Acropolis.

Och de blickade upp mot detta monstruösa Akropolis.

They clambered slippery up over titan oozy blocks.

De klättrade hala upp över titan-slammiga block.

Blocks which could have been no mortal staircase.

Block som inte kunde ha varit någon dödlig trappa.

The very sun of heaven seemed distorted in this mist.

Själva himlens sol tycktes förvrängd i denna dimma.

A polarizing miasma welling out from this sea-soaked perversion.

Ett polariserande miasma som väller fram ur denna havsdränkta perversion.

Twisted menace and suspense lurked in those elusive rocks.

Förvridet hot och spänning lurade i de svårfångade klipporna.

A second glance showed concavity where the first showed convexity.

En andra blick visade konkavitet där den första visade konvexitet.

Something very like fright had come over all the explorers.

Något mycket likt skräck hade kommit över alla upptäcktsresande.

Each man would have fled had he not feared the scorn of the others.

Var och en av dem skulle ha flytt om han inte hade fruktat de andras hån.

And it was only half-heartedly that they vainly searched.

Och det var bara halvhjärtat som de förgäves sökte.

They were looking for some portable souvenir to bear away.

De letade efter någon bärbar souvenir att ta med sig.

It was Rodriguez, the Portuguese, who climbed up the foot of the monolith.

Det var portugisen Rodriguez som klättrade upp för monolitens fot.

From there he shouted of what he had found.

Därifrån ropade han om vad han hade hittat.

The rest followed him to the foot of the monolith.

Resten följde honom till foten av monoliten.

They looked curiously at the immense door in front of them.

De tittade nyfiket på den enorma dörren framför dem.

The now familiar squid-dragon was carved on the door.

Den numera välbekanta bläckfiskdraken var inristad på dörren.

It was, Johansen said, like a great barn-door.

Det var, sa Johansen, som en stor ladugårdsdörr.

Although they said it only gave the impression of a door.

Även om de sa att det bara gav intrycket av en dörr.

They could not decide if the door lay flat like a trap-door.

De kunde inte avgöra om dörren låg platt som en fallucka.
Or maybe the opening was slanted like an outside cellar-door.
Eller kanske öppningen var snedställd som en ytterdörr.
As Wilcox would have said, the geometry of the place was all wrong.
Som Wilcox skulle ha sagt, platsens geometri var helt fel.
One could not be sure that the sea and the ground were horizontal.
Man kunde inte vara säker på att havet och marken var horisontella.
Hence the relative position of everything else seemed phantasmally variable.
Därför verkade den relativa positionen för allt annat fantasmatiskt varierande.
Briden pushed at the stone in several places, without result.
Briden tryckte på stenen på flera ställen, utan resultat.
Then Donovan felt delicately over around the edge of the door.
Sedan kände Donovan försiktigt runt dörrkanten.
He climbed interminably along the grotesque stone molding.
Han klättrade oavbrutet längs den groteska stenlisten.
Although, if you could really call it climbing is debatable.
Även om man verkligen kan kalla det klättring är det diskutabelt.
Perhaps the door was more horizontal than vertical.
Kanske var dörren mer horisontell än vertikal.
And the men wondered how any door in the universe could be so vast.
Och männen undrade hur någon dörr i universum kunde vara så vidsträckt.
Then, very softly and slowly, something began to happen.
Sedan, mycket mjukt och långsamt, började något hända.
The acre-great panel began to give inward at the top.
Den tunnlandstora panelen började ge efter inåt upptill.
And they saw that the door had balanced itself.

Och de såg att dörren hade balanserat sig själv.

***

Donovan somehow propelled himself back along the jamb.
Donovan lyckades på något sätt ta sig tillbaka längs
dörrkarmen.
**And everyone watched the queer recession of the
monstrously carven portal.**
Och alla såg den märkliga tillbakadragenheten av den
monstruöst snidade portalen.
**In this fantasy of prismatic distortion it moved anomalously
in a diagonal way.**
I denna fantasi av prismatisk förvrängning rörde den sig
anomalt diagonalt.
All the rules of matter and perspective seemed confused.
Alla materiens och perspektivets regler verkade förvirrade.
The aperture was black with a darkness almost material.
Bländaren var svart med ett nästan påtagligt mörker.
That tenebrousness was indeed a positive quality.
Den där törstigheten var verkligen en positiv egenskap.
The men were spared from seeing the inner walls.
Männen skonades från att se innerväggarna.
**The darkness burst forth like smoke from its eon-long
imprisonment.**
Mörkret bröt fram likt rök från dess eviga fångenskap.
**The sun was visibly darkened by flapping membranous
wings.**
Solen var synbart förmörkad av fladdrande hinnliknande
vingar.
**And the shadow slunk away into the shrunken and gibbous
sky.**
Och skuggan smög bort in i den krympta och gibbösa himlen.
**The odor arising from the newly opened depths was
intolerable.**
Lukten som steg upp från de nyöppnade djupen var
outhärdlig.

The quick-eared Hawkins thought he heard a nasty, slopping sound.

Den kvickörade Hawkins tyckte sig höra ett otäckt, slaskande ljud.

His ears were confirmed when It lumbered slobberingly into sight.

Hans öron bekräftades när Den släntrade in i sikte.

Its gelatinous green immensity groped through the black hall.

Dess gelatinösa gröna oändlighet trevade genom den svarta hallen.

And Its ooze and smell squeezed through the angled door.

Och dess sekret och lukt pressades in genom den vinklade dörren.

The Thing went into the tainted air of that poison city of madness.

Tingen försvann in i den befläckade luften i den där förgiftade galenskapsstaden.

Poor Johansen's handwriting almost gave out when he wrote of this.

Stackars Johansens handstil höll nästan på att ge upp när han skrev om detta.

He thinks two men perished of pure fright in that accursed instant.

Han tror att två män omkom av ren skräck i det förbannade ögonblicket.

The Thing cannot be described with our language.

Saken kan inte beskrivas med vårt språk.

There are no words for such abysms of shrieking and immemorial lunacy.

Det finns inga ord för sådana avgrunder av skrik och urminnes vansinne.

Eldritch contradictions of all matter, force, and cosmic order.

Eldritchs motsägelser i all materia, kraft och kosmisk ordning.

A mountain that walked and stumbled on the earth. God!

Ett berg som vandrade och stapplade på jorden. Gud!

No wonder that across the earth a great architect went mad.

Inte konstigt att en stor arkitekt blev galen på andra sidan jorden.

No wonder poor Wilcox raved with fever in that telepathic instant.

Inte undra på att stackars Wilcox rasade av feber i det telepatiska ögonblicket.

The green, sticky spawn of the stars, was walking the earth.

Stjärnornas gröna, klibbiga avkomma vandrade på jorden.

The Thing of the idols had awaked to claim his own.

Avgudarnas Ting hade vaknat för att göra anspråk på sitt.

The stars were aligned again, as was predicted.

Stjärnorna stod i linje igen, som förutspått.

An age-old cult had failed in their duties.

En urgammal kult hade misslyckats med sina plikter.

And a band of innocent sailors fulfilled their role by accident.

Och en grupp oskyldiga sjömän uppfyllde sin roll av en slump.

After vigintillions of years great Cthulhu was loose again.

Efter vigintiljoner av år var den store Cthulhu lös igen.

And now great Cthulhu was ravening for delight.

Och nu var den store Cthulhu glupande av njutning.

Three men were swept up by the flabby claws before anybody turned.

Tre män sveptes med av de slappa klorna innan någon vände sig om.

God rest them, if there be any rest in the universe.

Gud må de vila, om det finns någon vila i universum.

Let it be known that their names were Donovan, Guerrera and Angstrom.

Låt det bli känt att deras namn var Donovan, Guerrera och Angstrom.

Parker slipped as he was trying to make his escape.

Parker halkade när han försökte fly.

The other three were plunging frenziedly back to the boat.

De andra tre störtade frenetiskt tillbaka till båten.

They ran over endless vistas of green-crusted rock.

De sprang över oändliga utsikter av grönskorpade klippor.
Johansen swears he was swallowed up by an angle of masonry.
Johansen svär på att han slukades av en murvinkel.
An angle which shouldn't have been there.
En vinkel som inte borde ha varit där.
An angle which was acute, but behaved as if it were obtuse.
En vinkel som var spetsig, men betedde sig som om den vore trubbig.
Only Briden and Johansen made it back to the boat.
Endast Briden och Johansen kom tillbaka till båten.
The two men had a moment of good fortune.
De två männen hade ett ögonblick av tur.
The mountainous monstrosity flopped down on the slimy stones.
Det bergiga monstret föll ner på de slemmiga stenarna.
And the beast hesitated floundering at the edge of the water.
Och odjuret tvekade och famlade vid vattenbrynet.
The steam boat had not entirely run out of hot coals.
Ångbåten hade inte helt slut på glödande kol.
Despite the departure of all men for the shore.
Trots att alla män avfärdat mot stranden.
Feverishly the two men rushed up and down between wheels.
Febrilt rusade de två männen fram och tillbaka mellan hjulen.
It was the work of only a few moments to get the engine going.
Det tog bara några få ögonblick att få igång motorn.
Amidst the distorted horrors of that indescribable scene.
Mitt i de förvrängda fasorna i den obeskrivliga scenen.
Slowly their boat began to churn the lethal waters beneath her.
Sakta men säkert började deras båt uppröra det dödliga vattnet under henne.
And they moved along the masonry of that charnel shore.
Och de rörde sig längs murverket på den där kronstranden.
That strange coastline that was not from this world.

Den där märkliga kustlinjen som inte var av denna världen.

***

The titan Thing from the stars slavered and gibbered.
Titan-Tingen från stjärnorna slavade och pladdrade.
Like Polypheme cursing the fleeing ship of Odysseus.
Liksom Polyfeme som förbannar Odysseus flyende skepp.
Then great Cthulhu slid greasily into the water.
Sedan gled den store Cthulhu fet ner i vattnet.
Bolder and more daring than the storied Cyclops.
Djärvare och mer våghalsig än den sägenomspunne cyklopen.
Cthulhu pursued them through the water with cosmic movement.
Cthulhu förföljde dem genom vattnet med kosmisk rörelse.
Briden looked back from the ship and started laughing shrilly.
Briden tittade tillbaka från skeppet och började skratta gällt.
From that moment Briden continued laughing at odd intervals.
Från det ögonblicket fortsatte Briden att skratta med udda mellanrum.
But Johansen had not given up yet.
Men Johansen hade inte gett upp än.
He knew his ship had no chance of outpacing the thing.
Han visste att hans skepp inte hade någon chans att omköra den.
So he resolved on taking a desperate chance.
Så han bestämde sig för att ta en desperat chans.
He loaded the furnace and set the engine for full speed.
Han laddade ugnen och satte motorn på full hastighet.
And then he ran lightning-like on deck and reversed the wheel.
Och sedan sprang han blixtlikt upp på däck och backade ratten.
There was a mighty eddying and foaming in the noisome brine.

Det förekom en mäktig virvel och skumning i den bullriga
saltlaken.
The steam mounted higher and higher into the sky.
Ångan steg högre och högre upp mot himlen.
And the brave Norwegian reversed the course of the chase.
Och den modige norrmannen vände jaktens riktning.
**Before him rose the unclean froth like the stern of a demon
galleon.**
Framför honom reste sig det orena skummet likt aktern på en
demongaleon.
He drove his vessel head on against the pursuing jelly.
Han körde sin båt frontalt mot den förföljande gelén.
**The awful squid-head came nearly up to the yacht's
bowsprit.**
Det hemska bläckfiskhuvudet nådde nästan ända upp till
yachtens bogspröt.
**But Johansen drove on relentlessly against the writhing
feelers.**
Men Johansen körde obevekligt vidare mot de vridande
känselspringorna.
There was a bursting as of an exploding bladder.
Det brast som av en exploderande blåsa.
There was a slushy nastiness as of a cloven sunfish.
Det var en slaskig otäckhet som hos en klövsjuk solfisk.
There was a stench as of a thousand opened graves.
Det luktade som av tusen öppna gravar.
And there was a sound the chronicler did not put on paper.
Och det fanns ett ljud som krönikören inte satte på papper.
For an instant the ship was befouled by an acrid cloud.
För ett ögonblick var skeppet nedsmutsat av ett frätande
moln.
The green cloud blinded Johansen and the mad man.
Det gröna molnet förblindade Johansen och den galne
mannen.
And then there was only a venomous seething astern.
Och sedan fanns det bara en giftig, sjudande akterut.
But God in heaven! What the two men saw next;

Men Gud i himlen! Vad de två männen såg sedan;
The scattered plasticity of that nameless sky-spawn.
Den spridda plasticiteten hos den namnlösa himmelsfödelsen.
The injured thing was nebulously recombining.
Den skadade saken rekombinerades vagt.
Soon Cthulhu would be back in its hateful original form.
Snart skulle Cthulhu vara tillbaka i sin hatiska ursprungliga
form.
But their distance was widening with every second.
Men deras avstånd ökade för varje sekund.
The ship was gaining impetus from its mounting steam.
Fartyget fick fart av sin ökande ånga.
And eventually the cursed city was over the horizon.
Och så småningom var den förbannade staden bortom
horisonten.

***

He did not try to navigate after their lucky escape.
Han försökte inte navigera efter deras lyckosamma flykt.
His reaction had taken something out of his soul.
Hans reaktion hade tagit något ur hans själ.
He spent his time brooding over the idol in the cabin.
Han tillbringade sin tid med att grubbla över idolen i stugan.
He looked after the laughing maniac in the boat.
Han passade på den skrattande galningen i båten.
And he attended to a few matters such as food.
Och han tog hand om några saker, som till exempel mat.
Then came the storm of April 2nd.
Sedan kom stormen den 2 april.
On that day clouds gathered over his consciousness.
Den dagen samlades moln över hans medvetande.
There is a sense of pure and refined delirium.
Det finns en känsla av ren och förfinad delirium.
Spectral whirling through liquid gulfs of infinity.
Spektral virvlande genom flytande oändlighetens vikar.
Dizzying rides through reeling universes on a comet's tail.

Yrande färder genom virvlande universum på en komets
stjärt.
Hysterical plunges from the pit to the moon.
Hysteriska störtdykning från gropen till månen.
And he plunged back again from the moon to the pit.
Och han störtade tillbaka igen från månen till avgrunden.
A cachinnating chorus of the distorted, hilarious elder gods.
En känslomässig kör av de förvrängda, roliga äldre gudarna.
And the green bat-winged mocking imps of Tartarus.
Och de gröna fladdermusvingade, hånfulla djävlarna från
Tartarus.
Out of that dream came rescue; the ship Vigilant.
Ur den drömmen kom räddningen; skeppet Vigilant.
The vice-admiralty court and the streets of Dunedin.
Viceamiralitetsdomstolen och Dunedins gator.
The long voyage back home to the old house by the Egeberg.
Den långa resan hem till det gamla huset vid Egeberg.
He could not tell anyone of what he had seen.
Han kunde inte berätta för någon vad han hade sett.
**Had he told the truth they would have thought he had gone
mad.**
Om han hade sagt sanningen skulle de ha trott att han hade
blivit galen.
So he secretly wrote of what he knew before death came.
Så skrev han i hemlighet om vad han visste innan döden kom.
**"Death would be a boon if only it could blot out the
memories."**
"Döden vore en välsignelse om den bara kunde utplåna
minnena."
That was the document Johansen left behind.
Det var dokumentet Johansen lämnade efter sig.
And now I have placed this document in the tin box.
Och nu har jag lagt det här dokumentet i plåtlådan.
In the box is also the dream carved bas-relief.
I asken finns också den drömliknande basreliefen.
And I have included the papers of Professor Angell.
Och jag har inkluderat professor Angells artiklar.

With this box shall go this record of mine.

Med den här lådan ska denna skiva av mig följa.

These notes have become a test of my own sanity.

Dessa anteckningar har blivit ett test på mitt eget förstånd.

But I hope my discoveries are never be pieced together again.

Men jag hoppas att mina upptäckter aldrig pusslas ihop igen.

I have looked upon all that the universe has to hold of horror.

Jag har betraktat allt som universum har att rymma av fasa.

But now even the skies of spring are darkness to me.

Men nu är till och med vårhimlen mörker för mig.

Even the flowers of summer are forever poison to me.

Till och med sommarens blommor är för evigt gift för mig.

But I do not think my life will be long.

Men jag tror inte att mitt liv kommer att bli långt.

As my uncle went, so shall my end come.

Som min farbror gick, så skall mitt slut komma.

As poor Johansen went, so shall my time come.

Som stackars Johansen gick, så skall min tid komma.

I know too much, and the cult still lives.

Jag vet för mycket, och kulten lever fortfarande.

Cthulhu still lives, too, I can only suppose.

Cthulhu lever också fortfarande, kan jag bara anta.

I assume Cthulhu is again in that chasm of stone.

Jag antar att Cthulhu återigen befinner sig i den där stenklyftan.

The city which has shielded him since the sun was young.

Staden som har skyddat honom sedan solen var ung.

I know his accursed city is sunken once more.

Jag vet att hans förbannade stad är sjunken återigen.

The crew of the Vigilant sailed over the spot after the April storm.

Besättningen på Vigilant seglade över platsen efter aprilstormen.

But his ministers on earth still worship his return.

Men hans ministrar på jorden dyrkar fortfarande hans återkomst.

In lonely places they congregate around their idol.

På ensliga platser samlas de runt sin avgud.

And they bellow and prance and slay in satanic ritual.

Och de vrål och dansar och dödar i sataniska ritualer.

He must have been trapped by the sinking of his black abyss.

Han måste ha blivit fångad av sjunkandet av sin svarta avgrund.

Or else the world would by now be screaming with fright and frenzy.

Annars skulle världen vid det här laget skrika av skräck och frenesi.

Who knows how the end will come about?

Vem vet hur slutet kommer att bli?

What has risen may sink, and what has sunk may rise.

Det som har stigit kan sjunka, och det som har sjunkit kan stiga.

Loathsomeness waits and dreams in the deep.

Avsky väntar och drömmer i djupet.

And decay spreads over the tottering cities of men.

Och förfall sprider sig över människornas vacklande städer.

A time will come where that city rises out the sea again.

Det kommer en tid då staden återigen reser sig ur havet.

But I must not think about when that day will come!

Men jag får inte tänka på när den dagen kommer!

I have one prayer if this manuscript outlives me.

Jag har en bön om det här manuskriptet överlever mig.

I pray my executors put caution before audacity.

Jag ber att mina testamentsexekutorer sätter försiktighet före djärvhet.

I pray this manuscript meets no other eyes.

Jag ber att detta manuskript inte möter några andras ögon.

www.ingramcontent.com/pod-product-compliance
Lightning Source LLC
Chambersburg PA
CBHW010440170726
48283CB00011B/3303